KB071752

오늘은
내 마음이
먼저입니다

조금 더 홀가분해지기 위해

오늘은
내 마음이
먼저입니다

글·그림 웰시

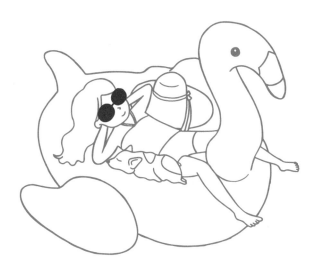

레드박스

내 마음에 접속을 시작합니다

비교와 경쟁으로 상처 입고

무언가 하지 않으면 불안하며

타인 앞에 위축되고

함께 있어도 혼자라고 느낄 때

일시적인 위안으로 관심사를 돌리는 데 익숙한 당신에게

등장인물

웰시
마음을 그리는
심리상담사

결혼 6년 차. 평소 웰시코기의 뒷모습, 그리고 엎드려서 버둥대는 모습이 똑 닮아서 '웰시'라는 별칭을 얻음. 생각이 많고 진지하며 솔직하고 장황한 탓에 요즘 세상에 보기 드문 '착한 진지툰'을 그린다.

심리상담사로 살면서 일과 진로, 인간관계, 결혼생활과 난임 등 일상의 문제들에 대해서 남편 사슴이와 매일 밤 침대 맡 대화로 풀어가는 중. 전혀 다른 성향의 남편 덕분에 경직된 태도와 완벽주의를 내려놓고 타인의 시선에서 자유로워지는 것을 연습하고 있다.

바깥 버전

약간 새침 — — 야무짐

다소 경계 — — 독립적

집이 세상 제일 꿀단지♥

집.순.이.

집안 버전

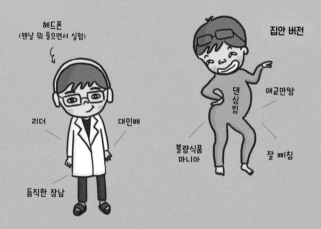

바깥 버전

헤드폰
(맨날 뭐 들으면서 실험)

리더

대인배

듬직한 장남

집안 버전

댄싱킹

애교만땅

불량식품
마니아

잘 삐침

웰시의 남편. 평소 좋아하는 것을 이야기할 때마다 영롱하게 반짝이는 눈망울 때문에 '사슴이'라고 불림. 어릴 적 꿈은 대통령, 현재 꿈은 대통령+사람을 살리는 것. 한때 CEO, 의사, 정치인 등을 꿈꿨으나 기초과학을 하면 사람을 더 많이 살릴 수 있다는 주변의 꼬드김에 넘어가 실험실(대학원)에 들어간 후, 성격과 정반대인 환경에서 8년간 인고의 시간을 보냄. 다른 사람의 재능을 발견하고 동기부여하기 좋아하는 성향 덕분에 결혼 후 웰시의 격 없는 인생 멘토가 되어주고 있다.

사슴이

**기초과학
연구원**

목차

마음읽기 하나

지금 내 모습 그대로
조금 서툴러도 괜찮습니다

마음읽기 ❸

스치는 상처에도 다치지 않도록
오늘은 내 마음이 먼저입니다

마음읽기 책

그저 노련하지 않을 뿐
생각보다 잘 살고 있습니다

마음읽기

하나

지금 내 모습 그대로

조금 서툴러도
괜찮습니다

감정을 소화해내는 법

나는 웬만해선 서로의 감정을 잘 내비치지 않는
조용한 가족들 틈에서 자랐다.

(...)

그래서 다양한 감정을 느끼거나
표현하는 일이 낯설고 어려웠다.

마치 마음이라는 크고 숭고한 영역에
해로운 불순물이 떠다니는 것처럼

처음 느낀 감정의 실체를 제대로 알기도 전에,
또 다른 감정이 몰려와 마음을 억눌러야 했다.

화가 나는
내 모습에 대한
죄책감

불안을 느끼는
나 자신에 대한
자괴감

열등감을 느끼는
나 자신에 대한
부적절감

그럴 때마다 이성의 힘으로 제압하거나
회피하는 방법으로 풀어갔다.

때론 능숙하게 감정을 관리하고 있다고 착각하며
은근한 우월감마저 느끼기도 했다.

하지만 둘이 되고 나니 나에게는 익숙한 감정 대처법이
상대에게는 숨 막히는 분위기를 조성하곤 했는데….

무엇보다 상담가가 된 후로는 감정의 실체를
모른 채 타인의 마음을 이해하는 게 버거웠고,

그제야 내가 감정을 다루는 데
얼마나 미숙한 사람이었는지 알게 되었다.

그때부터 '감정'을 있는 그대로 들여다보는
연습이 시작되었고

극단적 대처법 대신 감정을
건강하게 소화해내는 법을 알아가게 되었다.

감정을 외면하거나 억누르지 않기

감정을 있는 그대로 마주하고 알아차리기

말, 글, 그림으로 표현하며 명료화하기

자연스러운 일상의 감정으로 인정하고 수용하기

삶에서 느끼는 다양한 감정들은
내 상태를 알려주는 '신호'와 같을 뿐

그 자체가 곧 '나 자신'은 아니기 때문에
매일 다르게 입는 옷처럼 '부분'으로 여기며

가만히 들여다보고 보듬어줄 수 있는
용기가 생겼다.

내 마음 돌보기

삼남매 중 둘째였던 나는
고만고만한 또래의 형제들과 자라서

어딜 가든 비교 당하는 일이 일상이었고,
이것이 상당한 스트레스였다.

그러다 보니 어릴 때부터 여러 가지 조건들로
내 가치를 업그레이드 해야 한다는 강박 속에 살았다.

하지만 그런 삶 뒤에는 늘 불안과 공허함
같은 것이 따라다녔다.

더 높이!

다행히도 20대에 "건강한 자존감"의
모델이 되어준 사람들을 만났고

진중한 친구

기다려주는 스승

따뜻한 선배

수용적인 남편

모두들 나에게 스스로를 먼저 아껴주라는
이야기를 해주곤 했다.

오랜 시간 같은 말들을 꾸준히 들어서인지
스스로를 사랑하는 법부터 다시 배울 수 있었다.

예전의 나는 내 결핍에만 초점이 향해 있어
나 하나 챙기기도 버겁고

스스로 고립된 세상에 갇혀
상처받은 채 움츠리고 있었다.

하지만 나를 먼저 돌보기 시작한 후로는
다른 사람의 세상도 볼 수 있는 여유가 생기고

쓸데없는 자존심이 발동하는 일도
전보다 줄어들고 있다.

나를 위한 것인 줄 알았던 불편했던 짐들을
하나둘씩 내려놓을수록

쪼매 모지라도
개안타

스릉흔드♥

사는 게 생각보다 훨씬
가뿐해지더라는 것!

감정은 내 상태를 알려주는 신호입니다

사람은 성장기에 긴밀하게 관계를 맺는 중요한 사람들(주로 양육자)의 모습을 통해 자신의 감정을 대하는 방법을 함께 학습한다고 합니다. 만약 어른들이 감정을 느끼고 표현하는 것을 잘 허용하지 않는 분위기에서 자랐다면, 자녀도 자신의 감정을 인식하고 드러내는 것 자체를 부적절하게 느끼며 살아갈 확률이 높습니다.

한국에서 자란 많은 어른들이 그렇듯, 저희 부모님 역시 부정적인 감정을 최대한 숨기며 사는 분들이셨습니다. 저 또한 부정적인 감정을 드러내지 않으려고 노력했고 때로는 회피하기도 했죠. 어린 시절부터 제 일기장에 담긴 형형색색의 그림과 글들은 어쩌면 가족에게도 표현할 수 없었던 수많은 감정과 생각일지 모릅니다. 일기장은 제게 감정을 가감 없이 분출하는 유일한 통로였던 거죠.

하지만, 상담가가 된 후 감정에 대해 고민하고 공부하면서 알게 되었습니다. '감정Emotion'은 '내 마음 에너지E'의 '움직임motion'이라는 것을. 잘 관찰하고 인식할 수만 있다면, '나의 현재 상태'를 알아차리게 도와주는 생각보다 정확하고 유용한 '신호Signal'가 될 수 있다는 것을요. 예전에는 어떤 감정이 불쑥 올라오면 그 느낌 자체가 거북스러워서 마음의 채널을 돌려버렸습니다. 하지만 지금은 '이게 뭘까' '어디서 온 것일까' 하고 물으며 가만히 바라보는 여유가 생겼습니다.

갑작스러운 감정이라고 해서 당황하거나 외면하지 마세요. 우리의 충분한 '인정'과 '포용' 속에서 감정들은 상처 없이, 흔적 없이, 자연스럽게 스며들어 내 마음의 새로운 자양분이 될 테니까요. 내 마음을 조금 더 가까이 보듬고 아껴주는 것. 어쩌면 행복해지기 위한 최고의 지름길이 아닐까요?

●

오래 보아야 예쁘고
가까이 두어야 사랑스러운 건
알고 보면 내 마음입니다.

질투라는 마음의 신호

나는 어렸을 때부터 한 살 터울의 여동생에 대한
질투의 감정을 숨기느라 버거웠다.

마치 내 주변 사람들의 사랑과 관심을
빼앗아가는 것만 같은 기분

그래서인지 다양한 상황에서
주변 사람들과 나를 비교하는 습관이 생겼고

어느새 열등감이 되어
줄곧 나를 따라다녔다.

나이가 들면서 극복했다고 생각했지만 가끔 비슷한 감정이
찾아올 때면 수치심도 함께 견뎌야 했다.

그러던 어느 날 이런 감정이 꽁꽁 감춰야 하는
부끄러운 것이 아니라는 걸 알게 되었다.

질투에 대한 토론 타임

이제는 질투심이 내 상태를 선명하게 알려주는
하나의 신호라는 생각이 든다.

만약 적당한 질투심이라면

열망을 다시 끌어올리고 성장할 수 있는
원동력으로 삼으라는 신호로,

반대로 나를
피폐하게 하는 질투심이라면

내 관점을 다시 점검해볼 때가
되었다는 신호로 여기기로 했다.

그리고 이제는 불현듯 찾아오는 감정을
그대로 마주할 용기가 조금은 생겼다.

나를 먼저 아껴주려고 합니다

자존감의 원인이 '열등감'이라고 생각한 적이 있습니다. 하지만 나 자신을 사랑하지 못했던 가장 큰 장애물 중 하나는 아이러니하게도 '자기애'였습니다. '나르시시즘Narcissism'이라고도 표현할 수 있는 자기애는 특별한 존재가 되어야 한다는 강박으로도 말할 수 있는데, 알고 보면 열등감과 종이 한 장 차이에 불과합니다. 특별한 조건으로 자신을 치장하지 않으면 있는 모습 그대로의 자신을 사랑할 수는 없는 마음인 거죠.

삼남매 중 중간 아이로 자라서인지 무언가 '도드라지는 모습'을 통해서만 주변의 사랑과 인정을 받을 수 있다고 생각했습니다. 내성적인 성격 때문에 학교에서는 특별히 눈에 띄지 않는 학생이었지만, 중학교 입학 후 치른 첫 시험에서 의외의 성적을 거두면서 처음으로 선생님과 친구들의 주목을 받는 경험을 했습니다. 그렇게 눈에 띄어 존재감을 만들어야 인정받을 수 있다는 신념을 갖게 되었죠.

하지만 어른이 될수록 냉정해지는 현실 앞에서 허덕이기 일쑤였습니다. 매번 눈에 띄는 성과를 내는 것은 쉽지 않더군요. '평범한 나'도 '소중한 나'라는 것, 평범한 누군가도 특별하고 소중한 존재라는 사실을 받아들이기까지 꽤 오랜 시간이 걸렸습니다.

하지만 이 사실을 진심으로 받아들이면서 삶이 많이 자유로워졌어요. 특별해지는 것을 포기하면 스스로 초라해질 줄 알았는데, 이것을 내려놓자 오히려 더 편안해지고 반짝이게 된다는 새로운 진실을 알게 되었죠. 한없이 평범한 나 자신도 사랑할 수 있는 것, 그것이 진정한 자존감 회복의 시작점이 아닐까요?

●

평범해도 괜찮은
평범해서 행복한
소중해, 나란 존재.

비교의식 극복기

나는 어릴 때부터
아기를 참 좋아했고

<엄마 놀이 중>

자연스럽게 '좋은 엄마가 되고 싶다'는
꿈을 키워왔다.

생명을 키우고 싶은
욕구 충만

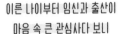

이른 나이부터 임신과 출산이
마음 속 큰 관심사다 보니

일찍 결혼한 편임에도 불구하고
되도록 빨리 엄마가 되고 싶었다.

하지만 인생이란 게
항상 마음대로 되는 건 아니었다.

사실 당시에는 둘만의 시간을 충분히
보낼 수 있게 된 것이 다행이라는 안도감도 있었다.

정말 감사하게도 주변에
압박을 주는 사람이 거의 없는 편인 데다

친정엄니

시엄니

일찍 결혼한 편이어서 오히려
염려할 것 없다는 얘기를 더 많이 듣곤 했다.

뭐 가끔씩 물어오는 의례적인 질문 정도는
가볍게 넘어갈 수도 있었다.

하지만 나이에 대한
압박감이 커져가고

옛날 어르신들 말씀

무엇보다 주변 사람들과의
'비교'가 문제였으니….

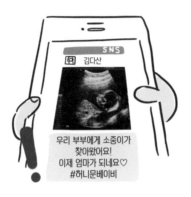

요즘 계속 SNS마다
임신 출산 소식….

쿨하게 축하하면 끝이지
돌아서면 왜 쓸쓸해지냐.

혹시 나…
뭐 문제 있는 거 아닐까?

내 주변엔 유독 결혼하고
곧바로 임신하는 사람들이 많네.

나보다 늦게 결혼한 사람들도 이젠
나 빼면 거의 다 애 엄마네.

다들 다음 단계를 밟는데
나만 혼자 정체된 거 같아.

그렇게 남몰래 괴로운 마음을 삼키던 어느 날,
답답한 마음을 안고 여느 때처럼 조깅을 하던 중에

문득 스무 살 재수생 시절의 내 모습이 떠올랐다.

친구들은
다 대학생인데
나만….

불안감

꽁꽁 감추어둔
남모를 열등감

재수

그땐 내가 많이 뒤처진 것 같았지.
그때만 해도 그게 인생의 전부인 줄 알았으니까.

하지만 지나고 돌아보니 조금 늦어지는 건
긴 인생 중 작은 점 같은 차이일 뿐이었어.

평균 80~90살

대입 재수

대학을 일찍 갔든 늦게 갔든 결국엔 다들 똑같이 졸업을 했고
지금은 다들 각자의 단계를 살아가고 있지.
아직도 대입을 고민하는 사람은 아무도 없잖아!

그러고 보면 인생의 단계마다 찾아오는 고비들을 넘어가는
각자의 인생 시간표가 다를 뿐!

결혼이나 출산도
그런 거 아닐까?

한 사오십쯤 되면, 우리도 다 누군가의
남편, 아내, 엄마, 아빠가
되어 있을 텐데… (아니어도 상관은 없지!)

오히려 지난날 한 걸음 늦게 걸어본 경험이
내게 약이 되었던 것처럼

지금의 기다림도 지나면 다 유익이 될 거야.

평소 남편이
귀에 못이 박히도록 하던 말이

그날에야 처음으로
가슴에 와 닿았다.

그러고 나니 신기할 만큼 금세
조급한 마음이 사라지고

인생은 장기전!
넌 잘 가고 있어.

염려나 불안감 대신 언젠가 찾아올 그때를 위해
나부터 성장해야겠다고 생각했다.

내 욕망을
아이에게
투사하는

아이를
한 인격체로
바라보고
존중하는

미숙한 엄마

성숙한 엄마

'얼마나 빨리'가 아니라
'어떤' 엄마가 되는 지가 중요한 거니까….

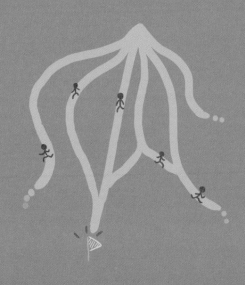

더 이상 남과 비교하지 않고 꿋꿋하게!
약간 돌아가는 길이라도 방향이 맞다면 안심해도 좋다.

끝없는 희망사항

빨리 어른이 되면
사고픈 거 맘대로 다 살 수 있을 거야.

빨리 대학생만 되면
자유롭고 편하겠지.

빨리 취업만 되면
버젓하게 자리 잡고 걱정 없을 텐데.

빨리 승진만 되면
더 안정되고 좋겠지?

빨리 결혼만 하면
안 외로울 텐데….

빨리 아이만 생기면
더 완전한 가족이 될 거야!

빨리 애들이 크면
인생이 좀 편해지겠지?

젊음이 다시 온다면
좀 다르게 살 수 있을 것 같은데….

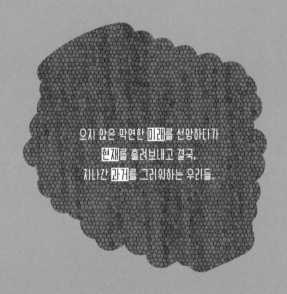

오지 않은 막연한 미래를 선망하다가
현재를 흘러보내고 결국,
지나간 과거를 그리워하는 우리들.

여유를 가지고 오늘의 기쁨을
누리면서 살 순 없을까?

꼭 필요한 것만 손에 쥐고 가뿐하게!

서두르지 않아도 괜찮습니다

홀로 정체되어 서 있는 것 같은 시간, 솔직히 말하면 처음엔 서글프고 외로웠어요. 남들은 끝없이 위로 올라가고 있는데 나만 제자리걸음을 하는 기분. 그런 제가 '반드시 높은 곳에 서 있지 않아도 주어진 자리에서 또 다른 성장을 이뤄내고 있다.'라는 생각을 하면서부터 마음이 편해졌습니다.

인생이 '성취'라고만 생각하면 한없이 조급해집니다. 아무리 빠르게 성취해내도 하나의 과업 뒤엔 또 다른 과업이 필연적으로 등장하는 게 삶이니까요. 속도에만 집착하다 끝나는 인생이라면 효율적일지는 몰라도 얼마나 의미가 있을지는 의문입니다.

인생을 '성취'가 아닌 '성숙'으로 바라볼 때 조금씩 여유가 생기게 됩니다. 결과가 빨리 안 나오면 여전히 답답해하는 성격 급한 저도 이제는 겉만 그럴싸한 쭉정이가 아닌 조금 느려도 속이 꽉 찬 알곡 인생을 꿈꿉니다. 서두르지 않아도 괜찮다고 스스로를 토닥이면서요.

●

방향만 바르게 걸어간다면 조금 늦게 가도 괜찮아.
살아보니 인생은 속도가 아니라 방향이더라!
- 웰시네 마미

슬럼프에 여유 있게 대처하는 법

살다 보면 이따금씩 찾아오는
'반갑지 않은' 녀석이 있다.

그때부터 무기력하고

아무 생각
안 하고 싶다

수면량 급증

만사가 귀찮아지면서

웹툰이고 나발이고
다 싫다~

무언가로부터
작은 위로라도 얻고 싶고

피곤한 현실을 잠시나마 잊게 해주는
자극적인 세계로 도피하고 싶어지며

그러고 있는 나 자신을 보면 또 다시 밀려오는 자괴감에
더 깊은 침.체.기에 시달리게 된다.

이럴 때
뾰족뾰족 돋은 가시는

건들지 마삼

적당한 거리를 유지하는 사람들에겐
그럭저럭 어렵지 않게 숨겨지지만

미소

예의

가장 가까운 사람에게만큼은
애써 숨겨지지가 않아서

백발백중

들키고야 마는데

사슴이 특기 : 웰시의 작은 변화도 예리하게 캐치

모른 척 해주면 좋겠다고
생각하면서도

정작
몰라주는 것 같으면

왠지
서운함이 폭발하고 만다.

결혼 전에는 이런 시기가 오면
혼자서 조용히 감내하면 끝이었지만

동굴로 들어가서 혼자 해결하고 나오던 타입

둘이 되고 나니
나만의 문제로 끝나지 않았다.

한 사람이 예민해지면 상대방도 영향을 받아
쉽게 갈등이 발생함

날씨

그래서, 슬럼프라는 걸
적극적으로 관리해보기로 마음먹었다.

그래 결심했어!

일단 슬럼프가 찾아올 때마다 그 이유를
메모장에 적어보기 시작했다.

중복되는 건 빼고
추가적인 이유가 있을 때만
기록하며 목록을 늘려감

그렇게 오랜 시간 기록해보니 대략적인
나만의 카테고리 같은 게 만들어졌다.

게으름의 최후
해야 할 건 많은데 미루다가 산더미 같이 쌓였을 때

컨디션 난조
수면 부족, 감기기운 지속, 생리통, 환절기 비염

쓸데없는 걱정
일어날 가능성이 낮은 일들까지 미리 걱정할 때

지나친 욕심
남과 비교하며 상대적 박탈감을 느낄 때

완벽주의 발동
남의 눈치를 볼 때
나 자신에게 너무 엄격할 때

깊이 없는 관계
날 공감해주는 사람과의 만남이 거의 없을 때

이유를 대략 알게 되니 슬럼프에 대처하는
나름의 방법들도 조금씩 생겼는데

① 한숨 쉴 시간에 뭐든 하나라도 시작하기

언제 다 하냐

만사

귀찮

하다 보면 신기하게
엎어져 있을 때보다는
활기가 생김

② 미리 컨디션 조절하기

피곤, 몸살기,
배고프고 추울 때

신경   곤두

충분한 수면
제때 식사
환절기 옷 단속

오늘 컨디션 지랄맞네ㅜㅜ

③ 걱정한다고 해결될 게 없으니 즐겁게 사는 쪽을 선택

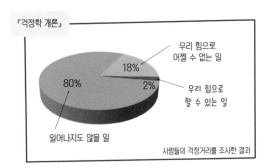

『걱정학 개론』

우리 힘으로
어쩔 수 없는 일
18%

우리 힘으로
할 수 있는 일
2%

80%

일어나지도 않을 일

사람들의 걱정거리를 조사한 결과

④ 내가 갖지 못한 것보다 이미 가진 것에 만족하기

내건 작지만
무지개 색이라
넘 예뻐.

⑤ 나 자신에게 관대해지기

⑥ 편한 사람들과 마음 터놓고 얘기하기

그리고 '절대 해서는 안 되는 것'
리스트도 생겼다.

① 슬럼프일 때는 절대로 중요한 결정 내리지 않기

다 때 려 칠 란 다

SNS 탈퇴
웹툰연재 중단
충동적 이직
블로그 폐쇄
후회율 200%

② 슬럼프를 너무 유별나게 대하지 않기

나만 겪는 거 아니잖아.
심각해지지 말자.

흐린 날도 있고
갠 날도 있듯

나만의 처방전이 필요합니다

이따금씩 찾아오는 슬럼프에 맞서 나름의 진단을 내리고 예방하려고 애쓰고 있
지만 항상 마음먹은 만큼 쉽게 극복되지는 않습니다. 어떤 날은 의외로 가뿐하
게 넘겨지는 반면 어떤 날은 여전히 꾸역꾸역 넘기느라 힘에 부칩니다.

경험해본 분들은 아시겠지만, 슬럼프라는 것이 생각보다 단순하지 않잖아요?
머리로는 알아도 마음이 따라주지 않고, 마음까지 왔더라도 몸이 따라주지 않아
서, 내 맘대로 일이 되지 않아 더 답답하게 느껴지니까요.

모든 사람에게 꼭 맞는 정답은 없습니다. 애당초 신비의 약이 있는 것이 아니라
면, '자신만의 실험'을 하며 처방전을 만들어가길 추천해요. 그러기 위해서는 나
만의 원인을 찾아야 합니다. 제가 슬럼프가 올 때마다 기록했던 것처럼 말이죠.
그렇게 '나에게 효과 있는 해결법'을 찾아간다면 슬럼프가 찾아오는 빈도가 조
금씩 줄어들 거예요. 그럼에도 불구하고 녀석을 마주하게 된다면 유별나게 아는
척하지 말 것! 최대한 조용히 보내주는 편이 낫다는 것을 알아가는 중입니다.

●

때론 생각없이 푸-욱 쉬어보세요.
내 안에 에너지가 차오를 때까지.

선택장애

한때 진로에 대한 고민으로, 머릿속에 복잡한
실타래를 가득 안고 힘겨워하던 시절이 있었다.

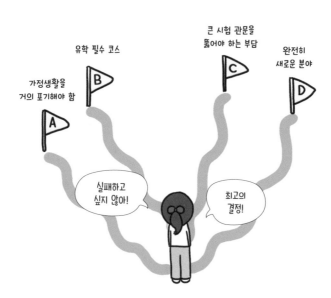

하지만 선택지 중 하나를 미리 경험하고자 실험실에 들어가서도
정작 다른 길은 어땠을까 비교하느라 적응하지 못했고,

마침 지도교수님 면담을 통해 선택 앞에서
적극적이지 못한 나를 발견했다.

폭넓은 선택의 자유가 주어지는 게
과연 행복하기만 한 일일까?

선택지가 많을수록 버린 선택지에 대한
미련이 커진다.

하지만 내 선택 때문이 아니라
그에 대한 책임을 다하지 못해서 실망하는 일이 태반!

사람의 본성 안에는
'욕심'이라는 뿌리가 있고

'불안'이라는
실존적 문제가 있기에

어떤 선택을 하든 더 나은 곳을 바라보는 것이
인간의 숙명일지도 모른다.

하지만 불완전해 보이는 선택이라도
책임 있는 삶의 태도가 뒷받침된다면

어느 순간 '좋은 선택'이었다고
만족하게 되는 날이 올 수도 있으니까.

우리가 내린 모든 선택의 승패는
선택한 길을 충실하게 오른 후에
논해도 늦지 않을 거 같다.

완벽주의의 늪에 빠져 있다면

완벽주의자들은 공통점이 있다.
겉보기엔 '자기관리 철저+열심히 사는 사람' 정도로 비춰지지만

심하면 일 중독자로 보이는 사람

그 내면은 늘 남모를 압박감으로 가득 차 있다.

〈지나치게 높은 기준〉

째깍째깍

쉬면 안 돼!
저기까지 빨리 가야 해.

쫓김

조급함

애당초 기준 자체가 높아서 평균 이상의 성과들을
곧잘 내지만 스스로 만족하지는 못한다.

결과물 2%

98%

와~~ 잘했다!!
진짜 수고했네.

더 잘할 수 있었는데.

그러면서도 스스로가 완벽주의자라는 생각은
별로 못하는 경우가 더 많다.

매사에 '능력'을 토대로 자신의 가치를 평가하여
일의 결과와 타인의 평가에 일희일비하는 날도 많다.

이분법적(흑백논리)
사고방식이 강해서

완벽한 결정을 위해 생각하고 또 생각하다가
너무 많은 에너지를 할애하고

최단 기간의 직선 코스 찾기

결국 아무것도 하지 않거나
계속 미루게 되는 경우도 적지 않다.

이렇게 긴 숙고와 계산 끝에 시작한 일이
풀리지 않으면 크게 좌절하고

자신의 실수나 타인의 지적을
곱씹는 경향이 있다.

곱씹음

그러다 보니 신경성으로
쉽게 피로해지거나 아픈 경우도 많다.

골골골

만성위염, 두통 등의 스트레스성 질환이나
신경성 복통 같은 신체 증상이 흔함

사실 완벽주의자들의 가장 큰 문제는
자기만 힘든 게 아니라 주변까지 괴롭게 만든다는 것.

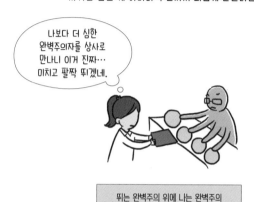

뛰는 완벽주의 위에 나는 완벽주의

그들의 피곤한 삶 이면에는 높은 통제 욕구와
불확실성에 대한 두려움이 크게 자리 잡고 있다.

완벽주의자인 나도 성격을 좀 바꿔보고 싶어서
아등바등 애썼던 시간들이 있었다.

수많은 고민과 깨달음의 시간을 거쳐
나만의 원칙을 가지고 연습하기 시작했다.

① 시간제한을 두고 일한 뒤 남은 결과물은 떠나보내기
= 약간의 찝찝함 허용하기

웰시는 스스로 충분하다 싶은
수준의 80% 정도까지만
에너지를 써도 돼.

그래도 이미
평균 이상!

내가 습관적으로
그러고 있음 옆에서 보고
좀 알려줘!

다 쏟아 붓고선 소진되고
몸살 나고 그러지 말고!

② 목표를 작게 잡고 쪼개서 성취하기

한 발

한 발

③ 과정 자체에서 얻은 의미들을 기록하기

하지만 이 모든 노력들도 자신을 인정하고
수용해주는 마음 없이는 오히려 독이 될 수 있다.

자신의 변화에 대해서도 유연한 관점으로
바라보아야 한다.

〈완벽주의적인 성향을 지닌 사람의 강점들〉

책임감　　성실　　신중함

조심성　　계획성　　체계적

완성도 높은 일처리

웰시 쌤의 성격이 가진
긍정적이고 기능적인 면도
부인하지 않았으면 해요.

그런 성향이
있었기 때문에 지금의
웰시 쌤도 있을 수 있는
거니까…!

인간적인 불안과
완벽주의 성향은 웰시 쌤을
평생 따라다닐 거예요.

변화에 대한 조급함까지 내려놓게 되었을 때,
균형점을 찾아갈 수 있는 마음의 공간도 생기기 시작한다.

조금 서툴러도 괜찮습니다

한국사회에는 처음부터 기질적으로 타고 난 사람들도 있겠지만, 후천적 교육에
의해 '만들어진 완벽주의자'들이 더 많습니다. 실수를 통해 배운다는 생각 대신
처음부터 정해진 답을 정조준하기를 바라고, 뭐든 1등부터 줄 세우는 원리를 학
습하며 자란 사람들. 이런 익숙한 경험들이 병리적 완벽주의자들을 만들어내고
있는지도 모릅니다.

간혹 행정, 의료 등 특정 분야의 특성상 직업병처럼 점차 완벽주의 성향을 갖게
되는 경우도 있습니다. 치밀하고 꼼꼼한 완벽주의라는 그 옷이 자연스럽고 편안
하며 자신의 삶이나 타인의 삶에도 해가 없다면 괜찮습니다.

하지만 그것이 자신을 너무 힘들게 하고 있다면, 혹은 주변 사람들을 힘들게 하
고 있다면, 이것이 누구를 위한 것인지 한 번쯤 그 무게를 재봐야 해요.

자기 자신의 모습이 100퍼센트 마음에 든다고 하는 사람은 세상에 거의 없을
거예요. 타고난 기질은 내 고유 재료로 인정하되, 모서리는 조금씩 다듬으며 완
성해나가세요. 지금 내 모습 그대로를 소중히 여기는 데에서 출발한다면 좋겠
습니다.

●

스스로 만든 높은 울타리를 걷고 밖으로 나오면
뜻밖의 아름다운 풍경이 펼쳐질 거예요.

마음읽기

둘

스치는 상처에도 다치지 않도록

오늘은 내 마음이
먼저입니다

나는 내 생각을 표현하는 데 있어
솔직하고 잔가지가 많은 편이다.

여기까지
가야함

지금
이 지점

글도 장황하고

말도 장황한 편.

어릴 때부터 그랬다.

물론 자라면서
강화된 측면도 무시할 수 없다.

나의 이런 표현방식을
좋아해주는 사람들도 많지만

사회에서는
조금도 통하지 않았다.

지나친 솔직함으로 본의 아니게 상대방에게 부담을 주기도 하고,
오픈하는 만큼 오해의 여지가 생기기도 했다.

그래놓고 다시 뒤돌아서면
후회하기 일쑤였다.

짧은 사회생활 몇 년 만에
성격을 바꿔야겠다는 결론에 이르고

물어보시길래
있는 그대로 얘기했었던 것뿐인데
나중에 윗선으로까지
이상한 말이 퍼져 있더라고.

사회에서 만나는
사람들하고는 어느 정도 거리를
유지할 필요도 있어.

괜히 너무 자세히
얘기했나?

살갑게 굴지 않기

장황하게 말하지 않기

때로는 차갑게

할 말은 간결하게

너무 웃지 말기

쉽게 보지 못하게

프로페셔널

가끔은 가공되지 않은
내 모습이 그리워지다가도

사회에서 오해받거나 너무 쉬운 사람이 되지 않기 위해
거리를 유지하며 대외용 콘셉트대로 행동한다.

하지만 장황함과 간결함 사이의
적당한 균형점을 찾기란 여전히 쉽지 않다.

오늘도 '본연의 나'와 '사회적 나' 사이에서
균형잡기 맹연습 중이다!

나만의 바탕색이 희미해질 때

40대를 바라보는 한 연예인이 방송에서 이런 고민을 토로하더라고요. "저는 늙어가는 것이 슬퍼요." 그 사람이 여배우였기 때문에 출연진들은 당연하다는 듯이 "외모요?"라고 되묻습니다. 그러자 그가 이렇게 대답합니다. "아니오. 제 마음이 늙어가는 게요."

천진난만하던 시절의 모습을 점점 잃어간다는 것은 누구에게나 이렇게 아쉽고 슬픈 일인가 봅니다. 나이가 들수록 자신을 보호하기 위해 여러 가지 방어기제가 생겨납니다. 팍팍한 조직생활에서 획득하게 되는 처세술도 함께 늘어가고요. 그러면서 내가 지닌 본래의 바탕색이 점점 더 희미해지는 느낌입니다.

그럴수록 아무 생각 없이 날 것의 내 모습 그대로 사람들과 소통할 수 있었던 어린 시절이 새삼 그리워집니다. 세월이 흐를수록 옛 친구들이 문득 생각나는 것도, 수많은 친구들을 가볍게 알고 지내는 것보다 마음이 맞는 소수의 친구들과 깊은 인연을 이어가게 되는 것도 모두 같은 맥락이겠죠. 처세술도 좋지만 때로는 있는 모습 그대로의 나를 보여주고 확인하는 시간이 필요합니다.

●

내 모습 그대로
진실하면서도 담백하게
관계 맺는 법을 배워갑니다.

상사의 갑질에 맞서

새 직장에서 오래 버티지 못하고
뛰쳐나온 적이 있었다.

처음부터 녹록치 않은 자리라는 걸 눈치챘기 때문에
마음을 단단히 먹고 시작했던 곳이다.

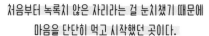

다행히 업무는 쉽게 적응했고,
회사의 좋은 점만 생각하며 버티기로 했다.

하지만 시간이 갈수록 형식에만 치중하는 깐깐한
상사에게 맞추다 보니 지치기 시작했다.

하루하루
'버티는' 지경에 이르렀고

실은 그 자리…
전에 계시던 분이 그 상사님 때문에
참다 참다 폭발해서 대판 엎고
뛰쳐나간 자리에요.

어쩐지….

만만치 않은 자리죠.

그 분 심정 이해가 되네요.

어떤 날은 상사를 이해해보려고
애쓰기도 했다.

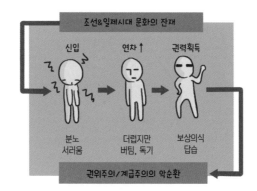

하지만 희생자가 다시 가해자가 되는
구도를 합리화할 수는 없었다.

다들 이렇게 견디고 사는 걸까?

결국 참고 참다가 결정적 사건이 터지면서
도망치듯 사표를 쓰고 그곳을 떠났다.

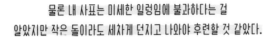

물론 내 사표는 미세한 일렁임에 불과하다는 걸
알았지만 작은 돌이라도 세차게 던지고 나와야 후련할 것 같았다.

또 다른 약자가 금방 그 자리를 메우며
아무 일 없었다는 듯 다시 굴러간다 할지라도.

그렇게 미련 없이 떠났지만 한동안은 분노와
억울한 감정이 마음속에 찌꺼기처럼 남아서 괴롭혔고

그만두는 과정에서까지 들어야 했던
훈계조의 비난들

자꾸
마음이 위축되었다.

객관적으로
나도 잘못한 게 있음 얘기 좀 해줘.
내가 너무 유약하고 사회생활을
못하는 거야?

그렇게 위로받고 난 후 이제는 훌훌 털어버리고
마음의 생채기가 조금씩 아물어가기를 기다리고 있다.

행복의 기준을 찾아가고 있어요

직장 내 인간관계 스트레스를 해결하는 방법으로 분명 '퇴사'만이 능사는 아닐 거예요. 어딜 가든 사람이 모인 조직이라면 나와 맞지 않는 사람, 상식을 벗어난 사람 꼭 한두 명은 있기 마련이니까요. 하지만 이곳저곳을 경험하다 보면 확실히 문제가 조금 더한 곳과 덜한 곳이 있습니다. 나이가 들수록 그런 곳을 미리 분별할 수 있는 촉이 발달하는 거 같아요. 어른이 되어가는 걸까요?

만약 마음을 어렵게 하는 조직 안에 있다면 그곳에 남아 인내하는 쪽과 미련 없이 떠나는 쪽, 그 선택을 가를 수 있는 나만의 기준을 찾아야 합니다. 저 또한 지난 결정에 대한 후회는 없지만 비슷한 상황이 반복된다면, 적어도 감정적으로 사표를 던지지는 말아야겠다는 원칙을 세웠습니다.

부조리한 일상을 무조건 참고 덮어두지 말고
잘못된 것을 제대로 짚어가는 움직임을 지지합니다.

스치는 상처에도 다치지 않도록

상사와의 갈등으로
너덜너덜해진 채 직장을 그만둔 후로,

'인간관계'에 대해
거듭 고민하던 때가 있었다.

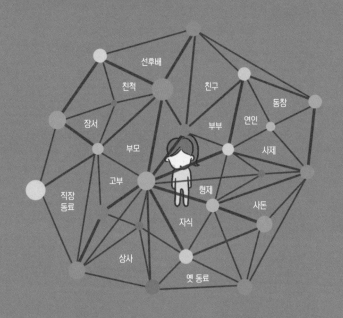

무수한 관계들로 빼곡하게 얽힌
세상을 살다 보면

어딜 가든 안 맞는 사람, 불편한 사람
하나쯤은 만나게 되는 게 이치라고 하듯이

돌아이 보존의 법칙
이란 말도 있잖아~.
그치만 직장 몇 번 옮겨보니
좀 덜한 곳은 있더라.

은둔형 외톨이가 왜 생기는지 알겠어.
인간관계에서 오는 자극 자체가
무섭고 피곤한 거지.

그동안 내 인간관계망을 돌아봐도
유쾌하지 않은 관계가 있었는데

가시형

가시 섞인 농담과 배려 없는 막말로
옆에 있으면 자꾸 찔리게
되는 사람

뒷담 자판기형

사사건건 부정적인 반응,
남의 욕과 불평만 해서
내 욕도 쉽게 할 것 같은 사람

군주형

자기 의견이나 기호를
정답처럼 일방적으로
강요하려는 사람

전에는 이런 관계들을 대해도
적당한 거리두기가 가능했다.

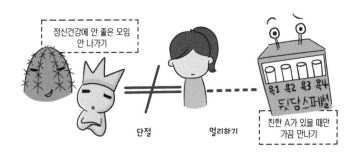

하지만 사회생활을 시작하면서부터는
피하는 것만이 능사가 아니란 걸 알기에

관계에서 불편함을 느낄 때
가장 먼저 체크하는 일이 있다.

'누구의 과제인가?'

만약 상대방이 달라져야 할 문제라면
분명하게 메시지를 전하거나 반응하지 않는다.

상황이 빨리 변할 거라고
기대하지 말고,

나이만 먹었다고 다 어른이 아니야~.
그 사람은 몸만 자라서 정신 수준은
자기밖에 모르는 유아기에 멈춘 거지.
세 살짜리 애한테 뭘 기대하겠어.

아오~ 화병 나겠다.
무슨 어른이! 상사가!
그럴 수가 있어?
도저히 이해가 안 돼.

씩씩

상대가 스스로 해결해가야 할 '과제'로 남겨두고
내 마음은 그때그때 비워내도록 한다.

자꾸 뭔 쓰레기를 주고 가냐.
그래, 쓰레기는 쓰레기통에!
(내 소중한 마음에 담기엔 의미 없음)

무례한말
행동

쓰레기통

반면
나의 문제와 관련된 문제라면

혹시 내 안에 어떤 민감한 부위가 스친 건 아닌지 살펴보고
그 부분의 회복을 위한 자기 돌봄이 필요하다.

그래도 불편한 일이 계속 반복될 때는
정중하게 표현한다.

저기요~
제가 여기 상처가 좀 있어서요.
다니실 때마다 자꾸 부딪치는데
조금만 조심해주시겠어요?

내 생각을 잘 표현하지 못하는
착한 사람 콤플렉스 대신

그 모임은
갔다 오면 왠지
맘이 불편해.

그럼 웰시도 자기 생각
얘기하면 되잖아.

다들 자기 얘기만 하는데
생각이 나랑 너무
다른 사람들이라.

그럴 수도 있지만,
'저렇게 생각하는 사람도 있구나.'
하고 말 걸?ㅋㅋ

생각이 다르니까
괜히 불편해질까 봐
안 하게 돼.

전혀 새로운 생각이라
도전받는 사람도
있을 수 있잖아.

자기주장의 영역을
과감히 늘려가다 보면 알게 된다.

부당한 건 아니라고 말하기+내 생각 표현하기+필요한 것 요청하기+내키지 않으면 거절하기

세상이 원래 그렇지 않은가.
한 핏줄끼리도 서로 다르고 불완전하다 보니
때로는 상처를 주고받는 것처럼.

아귀가 쏙 들어맞고 쉽게 애정이 가는
사람들끼리만 어울리면 참 편하겠지만

그런 삶엔 편안함은 있을지언정
성장은 없을지도 모른다는 생각도 해본다.

그래도 그 상사 덕분에(?)
내 안에 어떤 상처가 있었는지
새롭게 알게 됐지.

안 맞는 사람들이랑
만나면 나에게 있는
모서리가 보이고
그러면서 깎이나 보다.

불편한 관계로 마음을 한방 맞을 때마다
훌훌 털고 다시 일어나는 연습이 필요하다.

오-뚝!

펀치!!!

관계의 매듭을 풀어가는 용기

정현종 시인의 '방문객'이라는 시를 좋아합니다. 특히 이 구절을 자주 떠올리곤 합니다.

사람이 온다는 건

실은 어마어마한 일이다.

그는

그의 과거와

현재와

그리고

그의 미래와 함께 오기 때문이다.

한 사람의 일생이 오기 때문이다.

시 구절처럼 한 사람 안에는 그의 과거와 현재와 미래가 뒤섞여 있습니다. 살아온 과거의 경험이 현재의 사고, 감정, 말, 행동을 만들어냅니다. 또 미래를 바라보는 방향이 현재의 결정을 이끌어내기도 해요. 그래서 사람 사이의 관계는 단순한 두 사람의 만남이 아니에요. 나와 상대의 일생이 뒤엉켜 춤추는 장단과도 같죠. 그래서 사람 사이에 문제가 생기면 하나의 공식으로는 풀어갈 수 없습니다.

마음의 고통을 호소하는 사람들의 문제를 가만히 듣다 보면 대부분 '관계'로 인해 아파하고 있다는 것을 알게 됩니다. 자기 자신과의 관계, 타인과의 관계, 이모든 것을 둘러싼 환경과의 관계….

복잡한 인간관계의 실타래 속에 갇힌 느낌이 들 때면 뿌연 감정 안개가 걷힐 때까지 잠시 기다리세요. 그리고 나의 과거로부터 온 매듭을 먼저 풀어야 합니다. 그 다음 관계의 실타래에 갇혀 있는 상대의 과거와 현재를 살펴보려는 노력이 필요해요. 그래야 다음 매듭이 조금은 더 선명하게 보일 테니까요.

물론 엉킨 실타래를 푸는 것은 결코 쉬운 일이 아닙니다. 때로는 그대로 방치한 채 포기하고 싶어질 때도 있습니다. 하지만 잘라내야 하는 관계가 아니라면 먼저 매듭을 찾는 노력이 필요해요. '내가 왜?' 하는 생각은 접어두세요. '나를 위해!'라고 생각하면 한결 편해집니다.

●

관계를 풀어가는 일에도
용기가 필요합니다.

울적한 날에 위로가 되어주는 사람

나는 마음이 아픈 사람들을 어루만지는
심리상담 업계에 몸담고 있다.

꿈을 갖고 시작한 일이고 보람도 커서
꿋꿋하게 이 길을 걸어가려 하지만

사람을 살리는
가치 있는 일을 하고 있어.

불안정한 고용문제

계약직이 대다수

⊕

열악한 업무 조건

대체로 적은 보수 등

⊕

막대한 비용 부담

대학원, 자격증 취득, 수련 등

때때로 이런 환경에 대한 고민과 회의감에
기운이 빠질 때도 많다.

이렇게 열악해서야 원.
십 년 뒤엔 좀 나아질까?

공부하려면 얼마나 많은
시간과 돈이 드는데….

에효~

생각 폭탄 맞은 날

그 날이 유독 그랬던 것 같다.
지친 몸과 마음을 안고 사슴이 연구실 앞으로 갔다.

시무룩

새로운 일의 계약을 마치고 돌아오는 길

연구실 바로 앞에 차를 세워두었지만,
위치는 일부러 말하지 않았다.

바로 밑에서
기다리고 있다고 하면
괜히 조급해질 테니까…
그냥 조용히 쉬고 있어야지.

그때 걸려온 전화!

적막

아무도 없는데?

웰싱이는

다 보이는 수가
있지롱~

내 손.바.닥.

먼 소리야.
떠보기는! ㅋ

그때, 건물 위에서 무언가 포착!
가만히 보니 사슴이가 건물 4층 테라스로
고개를 빼꼼히 내밀고 내려다보고 있었다.

익숙한 형체

빼꼼

귀염

귀염

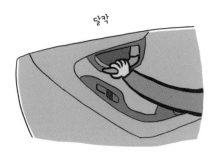

달칵

얼굴이 따-악 마주친다.

바로 이어진 사슴이의 10초 원맨쇼!

그 상태로 이어진 몇 분간의 통화

마치
시간이 잠시
멈춰선 느낌.

또르르

갑자기 눈물이
핑~ 돌았다.

이 치열한 한국 사회 안에선 잘 볼 수 없는
때문지 않은 인간미가 느껴졌달까.

유독 긴장하고 지친 하루였는데

언제까지
이런 상황들을
맞닥뜨려야 하나….

피로감   한가득

실험하다 말고 뛰쳐나와 건네는
사슴이의 해맑은 위로에 마음이 녹았다.

배시시~

조물조물~

조물조물~

어쩐지 그 순간만큼은 바깥 풍파에 쌓인
모든 피로가 스르르 녹아내리는 것 같았다.

어차피 같이 가는 인생입니다

부부는 평생 함께 하는 한 팀이자 파트너 관계라고 생각합니다. 상명하복도, 기생 관계도 아니며 당연히 어느 한쪽이 일방적으로 희생하는 관계도 아니죠. 어떤 조직이든 분명한 방향과 운영 수칙, 각자의 역할이 있듯이 부부 사이에도 이런 것들을 잘 세워두면 생각보다 큰 도움이 됩니다.

부부가 함께 바라보아야 할 방향에 대해 주기적으로 의논하고, 함께 위기를 맞더라도 한 팀으로 세워줄 수 있는 둘만의 수칙 같은 것을 만드는 거죠. 또 각자의 특성과 강점을 살려 가정 내의 역할을 정해보세요.

서로의 사기를 높여주기 위해 애칭을 사용할 수도 있고, 관계가 냉랭해졌을 때 암호처럼 사용할 수 있는 신호를 만들거나, 마음이 잘 맞았을 때 외칠 수 있는 '찌 찌뽕' 같은 둘만의 구호를 만드는 것도 유치해보이지만 생각보다 효과가 있어요.

분명한 것은 우리는 모두 '순환' 관계라는 것입니다. (-)를 심으면 (-)가, (+)를 심으면 (+)가 나온다는 거죠. 내가 먼저 잘해야 상대도 잘하게 된다는 불변의 법칙을 기억하면 도움이 됩니다. 대접받고 싶은 대로 먼저 대접하라는, 조금 식상해도 효과는 확실한 이 말을 기억하며 화분을 키우듯이 내 가정도 그렇게 꾸준히 가꾸어가고 있습니다.

●

거친 삶의 추위를 녹이고 보듬어줄
배터리 충전소 같은 내 편이 필요합니다.

소중한 사람과 잘 싸우는 법

아무리
깨를 쏟고

취향까지 착착 들어맞는
부부라 해도

싸우지 않는 커플이
과연 몇이나 될까?

신혼 초에는 사람 많은 장소에서 우리의 사적인 이야기를
크게 말하는 게 무척 불편했다.

하지만 사슴이는 전혀 개의치 않고 누가 있든
사적인 이야기를 정말 잘했다.

그래서인지 나도 모르게 자꾸 가는 데마다
눈칫밥을 주곤 했는데….

그러다 결국 참았던 설움이 폭발했다.

억압된 자의
속사포 랩

설움 폭발

왜 자꾸 사람 말을 다 막고
조용히 하라고만 하는 거야?
내가 말해봤자 얼마나 크게
말한다고~~.

다른 사람들 피해주게 말하는 것도 아닌데…
다른 사람들만 중요하고 내 기분은 생각도 안 해?

그런데 하필이면 그게
꽤나 민망한 상황이었고

사이좋은 다른 연인

맞은 편 커플이 흘깃흘깃 보는 눈빛이
마치 이런 느낌이었달까.

이런 자잘한 갈등이 일어날 때면
다시 한 번 서로의 차이를 인식하게 된다.

도망치듯 열차에서 내려 집으로 돌아오는 길

사슴이는 천성 자체가
외향적이고 대범한 데다

초긍정

자신감
넘침

어릴 때부터 타문화권에 오래 살면서
개방적인 문화에 좀 더 익숙해져서 그런지

다른 사람들의 시선으로부터
언제나 자유롭다.

저렇게
자신감 넘치는 사람은
태어나서 처음 봐···.

반면 나는 아주 어릴 때부터 경계심이 많고
낯선 환경에 무척 예민했다.

안 들어갈 거야~

으앙~~

유치원 첫날

예의를 굉장히 중요시했던 엄마로부터
작은 행동들까지 터치 받는 것이 익숙해져서

법 없이도 살 사람

목소리 너무 커.
좀 낮춰라.

거기 발 올리면 안 되지.

사람들 보기 안 좋잖니.

옷매무새를
단정히!

남들은 이런 거 다 지키고
살지도 않는데…
울 엄마 기준이 너무 높아.

공공장소에서는 나도 모르게 조심스러워져서
쉽게 눈치를 보곤 했던 것이다.

우리 웰싱이~ 입에 묻었네~
귀여워엉~ 남편이 닦아줄겡~.

밖에서는
이런 거 좀 하지 말지
부끄럽게….

서로의 차이가 어느 정도 이해가 되니 뒤끝 없이 풀렸다.
이렇게 한바탕하고 나면 같은 이슈로는 다시 싸우지 않는 편이다.

그러고 보니까 기억나는 굵직한 갈등은 다 신혼 때였네.

서로 처음 맞춰갈 때라서 그랬나?

초대형 집들이를 앞두고 아무것도 하지 말라는 남편 말을 무시하고
혼자 음식판을 벌였다가 투정부리고 대판 싸운 일도 있었고

말 한마디에 맘 상해서 혼자 방문 잠그고
대화 단절 시위하다가 더 악화된 일도 있었다.

감정의 시그널을 보내는 중

한 번도 싸워본 적이 없다고 말하는 사람들은 갈등거리가 전혀 없는 천생연분 부부라기보다는 '회피형 성향'의 부부일 가능성이 큽니다. '정서적 이혼 부부'라는 말이 있습니다. 평소에는 큰 소리가 나지 않아 아무 갈등 없이 평화롭게 사는 것 같지만 실제로는 서로에 대한 더 이상의 애정도, 정서적 교류도 없이 겉으로만 부부의 모양새를 유지한 채 살아가는 부부를 가리킵니다. 관계가 개선될 수 있다는 기대 자체를 포기한 것이죠.

이와 대비해서 상대에게 화가 나거나 서운한 감정을 표현한다는 것은 바꾸어 말하면 상대방이 내 삶에 의미가 있는 사람이며 상대방에 대한 기대(애정)가 남아 있다는 것을 의미하기도 합니다. 입장을 바꾸어 상대가 나에게 감정적으로 사인을 보내고 있다면 '아, 저 사람에게 내가 중요하고 나에게 아직 애정을 가지고 있구나.'라고 해석해도 됩니다. 무엇보다 감정의 찌꺼기를 남기지 않을 정도의 선에서 잘 싸우는 기술을 함께 터득해가는 것이 중요합니다.

사랑하고 기대하는 만큼
상처주지 않고 맞춰가려는 노력이 필요해요.

결혼을 하고 나니 그동안 모르고 지냈던 크고 작은
집안일들이 고스란히 내 어깨 위로 얹어진 기분이었다.

대학시절 여동생과 자취를 오래 해보긴 했지만
서로 적당히 책임을 떠넘기며 방관하기 일쑤였다.

하지만 나만의 가정이 생기고 나니 온전히
물 주고 가꾸어야 할 내 이름의 텃밭이 생긴 기분이랄까?.

물론 집안일 분담을 생각하기도 전에
자연스럽게 내가 나설 수밖에 없는 상황도 한몫했다.

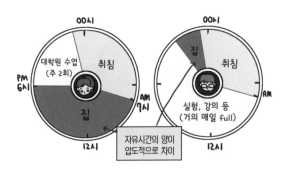

거기다 어릴 때부터 익숙하게 보고 자라온
모습 때문에 불만이나 거부감이 없었고

심지어 안 해본 살림에 대한
로망으로 가득했다고나 할까?

하지만 신혼 초와 달리
풀타임으로 일하면서부터는

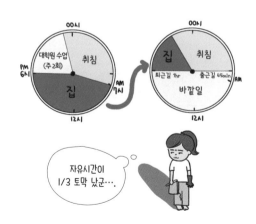

즐거움 대신
의무감만 늘어가게 되었다.

그러다가도 사슴이를 보며
다시 마음을 잡았다가

또 다시 자괴감에 빠지는
시간들이 반복되었다.

집 꼴이 이게 뭐람….

에효,
나 진짜 못난 아내다.

바닥도 더럽고.

시무룩

식사는 인스턴트

제풀에 지친 자

빨래도 쌓아두고

눈치 빠른 사슴이가 틈틈이
짐을 덜어주려고 애쓰지만

음식물
내가 버리고 올게.

웰시가 준비할 동안
내가 밥이랑 국
데울게.

아침식사
세팅

쓰레기 처리나
분리수거

완벽주의자의 눈에 성에 안 차는 부분과
미안함 때문에 결국 다시 내 몫으로 돌아오곤 했다.

그러던 어느 날 퇴근 후
유난히 집안일이 몰렸고,

정신없이 청소를 하는 내 모습에
괜스레 서글픔이 밀려왔다.

나의 스산한 기운을 귀신같이 알아차린 사슴이가
긴급회담을 요청하여 긴 대화가 시작됐다.

사슴이가 본 웰시의 모습

집안일을 즐기는 웰시

집안일에 스트레스 받는 웰시

할 게 넘 많아…
청소도 해야 되고.

낼 토요일이라
일찍 퇴근하니까
청소는 내일 같이 하자!
미리 하지 말고 쉬고 있어!
꼭!

뭐 같이
할 거 없어?

내가 다 했지롱~
여보는 씻고 푹 쉬었으면
좋겠어~!

집안일 미리 끝낸 웰시

평소엔 내가 좋아서 하는 거야.
빨래 향 맡으면 힐링되고
청소하면 막 뿌듯하고….

근데 요즘 같은 때는
이 모든 게 스트레스가
되는 거 같아.

퀘엥~

더 일찍 말하지 그랬어~ㅜㅜ.
나도 이대로 괜찮은 건지 걱정되고
부담스러웠어. 필요하면 얘기해.
내가 다 할게!

그럼 목요일 분리수거랑
설거지만 좀 맡아줄래??

반짝반짝

콜~!!!

기피 잡무 TOP2
toss!!

그렇게 슈퍼우먼이라는 환상이 가족에게
좋은 영향을 끼치지 못한다는 걸 알게 됐고

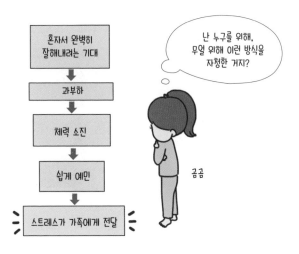

어쩌면 스스로 꽤 괜찮은 사람이라는 걸
증명하고 싶었던 몸부림은 아니었을까?

진짜 중요한 건
서로 도우면서
즐겁게 사는 건데….

가족을 위한 마음

능력을 인정받고 싶은 마음

버거우면
함께 해요!

슈퍼우먼
부질없으…

영차! 영차!

나, 있는 그대로 괜찮은 사람

가끔씩 의무감 때문에 버거운 상태가 될 때 조용한 공간에 들어가 잠잠히 혼자
만의 시간을 가져봅니다. '생각 시간'을 가지는 건데요. 내 안에 있는 마음의 동
기에 대해 충분히 돌아보려고 애씁니다. 그러다 보면 행위로 나의 가치를 증명
받고 싶어 하는 내 안의 어린 아이를 보게 되죠. 특별히 '유능감'에 목말라 있는
작은 아이를요.

때로는 상대방을 위한 일이라고 이야기하면서도 사실은 이렇게나 잘 해낼 수 있
다고 증명해 보이고 싶을 때가 많아요. 혹시나 부족해 보일까 봐 누구도 강요하
지 않은 일들을 스스로 벌이면서 그 안에 갇혀 있을 때가 있죠.

중요한 건 어떤 일을 하기 전에 내 마음의 동기에 솔직해지는 것입니다. 얼마나
해냈는지, 얼마나 완벽했는지를 인정받는 것이 아니라 그 일을 했다는 자체로
만족할 줄 아는 것. 그리고 뜻밖의 상황 때문에 일이 뜻대로 되지 않더라도 유연
하게 대처하며 내 자리를 지키는 것이 가장 아름다운 모습이라는 것을 깨달아가
고 있어요.

●

그저 노련하지 않을 뿐
알고 보면 잘하고 있습니다.

마음속 저마다의 스크래치

오랜만에 친정에 갔던 어느 날
앞에 앉아계신 아빠를 물끄러미 보다가
문득 묻고 싶은 게 생겼다.

내 가정이 생기고 나니 가장의 무게라는 걸
조금씩 이해하기 시작해서 그랬나 보다.

그러자 아빠는 처음으로 그동안 힘들었던 시간들을
담담하게 들려주셨다.

이미 오래 전 당신 가슴 속에 고이 묻어버린 듯한
그런 이야기들.

사실 나는 어릴 때 아빠를 많이 미워했었다.
말수 적고 이성적이고 무뚝뚝했던 모습을.

말하지 않아서 몰랐는데
혼자서 짊어져야 했던 것들이 많으셨구나.

근데 왜 지금까지 한 번도
우리한테 그런 이야기 안 하셨어요?
그런 심각한 일들이 있었는지
조차 몰랐잖아요.

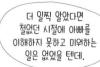

더 일찍 알았다면
철없던 시절에 아빠를
이해하지 못하고 미워하는
일은 없었을 텐데.

그제야 알 것 같았다.
비록 대화에 서투르고 칭찬에도 인색하셨지만

당신이 표현할 수 있는 최고의 사랑은
혼자서 모든 짐을 지고 가는 묵묵한 사랑이었다는 것을.

작은 원망이라도 남겨 두지 않는 연습

완벽한 부모는 세상에 없더군요. 누구나 마음속 깊은 곳에 부모와의 관계 속에서 생긴 크고 작은 상처를 안고 있습니다. 가부장적이고 무서운 아버지, 차갑고 냉정한 어머니, 돈 없고 무능한 부모, 자식을 버린 믿을 수 없는 부모까지 모두 상처가 되어 자식들의 마음 어딘가에 남아 있어요.

저 역시 그랬습니다. 부모님에 대한 은밀한 상처들이 있었고 그게 지금의 성격을 형성하는 데 영향을 끼쳤습니다. 하지만 사회적으로 큰 문제가 되지는 않았기에 그 정도 가지고 유난스럽다고 할까 봐 상처를 상처라고 이야기하지 못하고 꽁꽁 숨기며 더 힘들어했습니다.

하지만 어른이 되면서 조금씩 깨달아가고 있습니다. 나의 부모 역시, 완벽하지 않았던 그 누군가의 자식이었다는 것을요. 부모이기 이전에 크고 작은 상처를 가슴 한 편에 지닌 지극히 작은 한 인간이었다는 것을 인정하게 되었어요. 그리고 마음에 대해 공부하고 많은 내담자들을 만나면서 알았습니다. 세상에는 완벽한 부모도, 결핍 하나 없는 자식도 없다는 사실을요.

그제야 비로소 결심하게 되었어요. 더 이상 상처 입은 자아 안에 나를 가둬두지 말고 작은 원망이라도 마음속에 남겨두지 말자고. 대신 부모님도 불완전한 '한 사람'으로 바라보고 연민하기로 했습니다. 그 안에서 감사한 것을 찾아 마음의 문을 여는 것으로 다시 시작하려고 합니다.

●

표현이 서툴다고 당신을
사랑하지 않는 거라 단정하지 마세요.

마음읽기
셋

그저 노련하지 않을 뿐

생각보다
잘 살고 있습니다

경쟁 앞에서 마음이 위축될 때

가끔씩 그럴 때가 있다.
그럭저럭 즐겁게 해나가던 일들도

삶의 활기가 되던 웹툰 연재

보람을 많이 느끼던 상담일

급작스럽게 흥미가 떨어지면서
마음이 쪼그라드는 순간.

그럴 때의 나는 주로 주변을 둘러보며
비교 아닌 비교를 하고 있을 때가 많다.

그런데 어느 날 사슴이가 한 번도 심각하게
생각해본 적 없는 질문을 던졌다.

같은 작가라고 해도 개인이 지닌 조합이 달라서
다른 결과물이 나오는 거잖아.

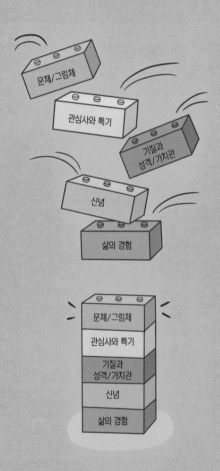

한 사람 한 사람이 독특한 퍼즐 조각이라면,
경쟁에서 이기는 게 중요한 게 아니라

내가 있어야 할 자리를 찾아가는 여정
그 자체가 우리의 고민이 되어야 하지 않을까?

뭐든 생각하기 나름입니다

신혼 초에 남편에게 이런 질문들을 자주 던졌던 기억이 납니다.

"나는 어떤 사람인 것 같아?"

"여보가 보기에 내 장점과 단점은 뭐야?"

"여보가 볼 때 난 뭘 하면 잘할 것 같아?"

나는 누구이고 무엇을 하며 살아야 할지 고민될 때마다 스스로 명쾌한 답을 찾을 수 없었어요. 그래서 가장 신뢰할 만한 사람의 대답에 의지하고 싶었습니다. 저는 등수와 같은 객관적 수치나 타인의 평가를 통해 스스로의 가치를 확인하는 편이라서 그런지 탁월한 사람들을 보면 쉽게 위축되는 편입니다. 하고 싶은 일이 생겨도 그들과의 경쟁에서 승산이 있으리라는 확신이 들지 않으면 지레 겁먹고 의욕을 잃곤 했지요. 그런 저에게 '당신만의 조합'이라는 단어는 패러다임의 전환과도 같았습니다. '당신의 재능은 당신만이 가진 조합 그 자체'라는 이야기를 듣고 난 후로는 습관처럼 던지던 질문들을 더 이상 곱씹지 않게 되었어요.

누구나 주목할 만한 천재적인 재능의 소유자, 혹은 어느 한 분야에서 뛰어난 성취를 이뤄낸 사람만 가치를 인정받는 건 아니니까요. 적어도 내가 지닌 조합, 그 미묘한 색채를 가진 사람은 지구상에 나 외에 단 한 사람도 없을 거예요. 주어진 모습 그대로 세상 한구석을 이롭게 채우는 하나의 조각이 될 수 있다면, 그것으로도 충분하다고 생각합니다.

●

우리는 모두 세상 어딘가에 꼭 필요한
단 하나의 퍼즐조각입니다.

의미 없는 시간을 보내는 기분일 때

기초과학을 전공한 사슴이는 최근에야
대학원의 긴 과정을 마치고 다음 스텝을 준비하게 되었다.

캠퍼스의 귀요미였는데
아저씨가 다 돼서 나가네.

긴 고생에 비해 결실 없는 실험실 생활이
너무 오래 이어지다 보니

이 지난한 과정들이 모두 '괜한 시간 낭비는 아닐까'
하는 생각에 대신 울컥해질 때도 많았다.

잠깐만 정체되어도 힘들어하는 나와 달리
사슴이는 그 긴 시간을 꾸역꾸역 인내하며 걷고 있었다.

실험실이란 곳이
보통 그래.

처음엔,
영화 〈로렌조 오일〉
보고 나서

기초과학 연구로
사람을 살리고 싶다는
포부로 들어왔지~.

현대 의학으로는 해결할 수 없는 아들 로렌조의 희귀병(ALD)을 고치기 위해
로렌조의 부모가 끝없는 연구 끝에 치료법을 밝혀낸 실화를 담은 영화

근데 들어와서 본
이 세계의 실상은

질리도록 실패를
거듭하고

뼈 빠지게 노력해도,
보상이 없고.

연구로 사람을 살리기 전에
내가 먼저 죽을지도?ㅋㅋㅋ

헉. 근데 어떻게
지금까지 버텨온 거야?
나였으면 벌써 때려치고도
남았겠다.

웃프다…

졸업 후에도 연구하는 일을 계속 할진 모르겠어. 하지만 앞으로 무슨 일을 하든지 지금의 경험이 자산이 되겠지.

일단 시작한 거고 또 여기까지 왔으니까~ 후회 없이 충실해보려고.

사슴이의 모범답안

사슴이 진짜 대단하다.

난 가끔 지금까지 다 헛수고한 것 같거나 허망해질 때 권태기가 오거든.

지나온 시간들이 의미 없이 느껴질 때

결과가 눈에 나타나지 않았다고 해서
과정들까지 버려지는 건
아니었는데.

난 그 시간을 통째로
부정하고 있었네.

그치!
뭔가를 충실하게 해본 사람이
다른 걸 해도 또 충실할 수 있는 법이야.
그 시간들 덕분에 여러 가지 중요한
태도들이 체화됐잖아.

다양한 경험과 전공의 조합을 가진
사람도 됐고!

과정을 성실하게 걸어가보았다는 것!
그것만으로도 큰 수확인 거야.

토닥토닥

지나간 시간들의 의미를 당장은 알 수 없을지라도
지나온 삶이 살아갈 날들과 만날 때 비로소
분명하게 알게 될 거라고 믿는다.

다만 인생의 시간표가 다를 뿐입니다

인생의 모든 시간들을 결과로만 확인받으려 할 때는 삶이 쉽게 팍팍해졌습니다. 정체되는 시간이 불안했고, 결실 없이 지나가버린 시간이 억울하고 아까웠거든요. 하지만 성취보다는 성숙의 관점으로 그 시간들을 바라보니, 눈에 띄지 않을 뿐 한 뼘씩 꾸준히 성장하고 있는 나를 보게 되었습니다.

때로는 지금 보내는 시간의 의미에 집착하는 것이 우리를 힘들게 합니다. 시간의 의미는 하루하루를 모은 모자이크와 같아서 그 조각들이 모인 후에야 비로소 완성된 그림을 볼 수 있게 됩니다. 그렇다면 어떤 경우에는 생각보다 많은 시간이 필요할지도 모릅니다.

지금은 모든 게 시간 낭비인 것 같고, 그 의미를 다 알 수 없는 날들이 계속되어 지쳐 있다면 괜찮다고 말해주세요. 적어도 과정을 충실하게 보낸 것으로 당당하다고 말할 수 있는 날들이 앞으로 점점 더 많아졌으면 좋겠습니다.

●

하루하루 조각들을 모은
모자이크처럼 소중한 오늘입니다.

그땐 미처 몰랐던 것들

지나고 보면 별 거 아니지만
한때는 인생의 전부일 것만 같았던 대입 시험.

첫 번째 수능

두 번째 수능

십여 년이 지난 지금,
그때를 떠올려보면

시험 하나로 내 인생이 망하진 않을까
긴장의 나날들을 보냈다.

최선이 아닌 길로 간다고 해서
꼭 최악이 되는 것은 아니었는데.

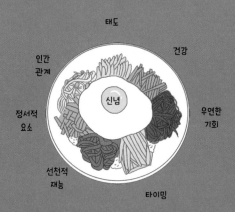

인생이라는 장 안에서는 무수히 많은 요소들이
어우러져 삶을 완성해간다는 것을

조금 더 일찍 알았더라면
어땠을까?

아마 십년 후 지금의 나를 돌아봐도
비슷한 생각을 하고 있지 않을까?

생각보다 잘 살고 있습니다

성숙해진다는 것은 시야가 넓어진다거나 포용력이 생긴다거나 하는 다양한 의
미로 볼 수 있을 텐데요. 요즘의 저에게는 '보다 유연해지다'의 의미로 다가옵니
다. 저는 '반드시 ~해야만 한다.' '절대로 ~하면 안 된다.'와 같은 생각을 가지고
있었어요. 좋게 말하면 신념이 뚜렷하고 나쁘게 말하면 사고가 경직돼 있는 편
이었다고 할까요.

이런 경직된 사고를 깨는 가장 좋은 방법은 '반증 경험'을 많이 하는 것이라고
합니다. 기존에 고수해온 신념과는 반대되는 상황을 통해 '꼭 그렇지 않을 수도
있다.'라는 것을 깨달을 때 경직된 사고가 깨지고 유연해집니다.

우리가 살면서 겪는 크고 작은 실패들은 아마도 우리를 유연하게 해줄 반증 경
험이자 성장의 기회라는 사실을 뒤늦게 깨닫는 경우가 많아요. 그땐 미처 몰랐
지만 지나고 보니 생각보다 괜찮았던 일들, 다들 있으시죠?

내 삶의 크고 작은 실패들이
밑거름이 되어줄 거예요.

당신의 자리가 아니었을 뿐

드디어 대학원을 졸업한 사슴이는 요즘
전환기 같은 기간을 보내고 있다.

졸업한 lab에서 포닥 연구원으로 신분 연장하면서
해외 포닥 연구원 경력을 쌓을 수 있는 자리를 알아보는 중

근 1년 가까이 붕~ 뜬 것 같은
시간을 보내면서도

스트레스받지 않고
담담하고 씩씩해보였던 사슴이는

유명한 연구소로 바로 가게 될 것 같다며
한껏 부푼 풍선처럼 되었다가

바람이 쭈-욱 빠지게 되는 일을 두어 차례 겪고 나서
눈에 띄게 무기력하고 의기소침해졌다.

최종까지 갔다가 떨어졌다는
취준생 마음이 딱 이럴까?

그저 당신의 자리가 아니었다고
위로할 수밖에 없었다.

그러다 보니 나도 한창
재취업 준비를 하던 때가 생각났다.

혼치 않게 마음에 쏘-옥 드는 곳과 연결이 되고,
금방 가도 될 것처럼 이야기되었는데

황당한 이유로 갑자기 무산되어버려
남몰래 많이 속상했던 일이 있었다.

처음에는 "내가 뭐가 모자랐을까"만 되뇌며
나 자신을 깎아내리기 바빴지만

결국 결론은 그 자리가
나와 맞는 자리가 아니었을 뿐

내가 그 자리의
적임자가 아니었다고 해서

나라는 사람의 존재가치까지
부정하는 의미는 아니라는 것을.

물론 부족한 부분은 채워가는 노력이 필요함

혹 억지로 그 자리에
나를 끼워 맞춘다고 해서

그것이 좋은 결과라고 할 수만은
없다는 걸 알게 된 시간들도 있었다.

분명 이 넓은 세상 어딘가에 한 자리쯤은
당신 자리가 있을 것이고

당신 특유의
색과 모양이
들어맞는 곳!

즐겁게 일할 수 있는
곳이었으면 해.

진짜 사슴이

조금 늦어져도 괜찮으니
'당신의 진짜 모습으로 지낼 수 있는 곳'에 가게 되길.

소중해, 나란 존재

취업이 잘 되지 않을 때는 어디든 무조건 받아주기만 하면 모든 게 해결될 것만 같습니다. 하지만 그렇게 간절한 희망과도 같았던 자리가 어느새 도망치고 싶은 자리로 변하기도 하지요. 그곳에 계속 있으면 정신이 이상해지거나 몸이 망가져서 죽을 것 같다고, 결국 그래서 나왔다는 친구들이 제 주변에도 많습니다. 저 역시도 조급함의 물살에 떠밀리듯 들어갔던 자리에서 마음이 피폐해지고 신경성 복통까지 얻어서 도망치듯 나오게 된 경험이 있어요.

하루 8시간, 일주일 40시간 이상 보내야 하는 곳이라면 적어도 내가 나로 존재할 수 있는 곳이어야 하지 않을까요. 이제는 좋은 조건만 보고 혹하지 않고, 공백기가 불안하다는 이유로 어디든 나를 억지로 끼워 맞추지는 않으려고 합니다. 면접관이 나를 촘촘히 살피듯이 나도 일상을 살아갈 만한 곳인지 살펴보는 여유를 가지게 되었습니다.

당장 경제적으로 고픈 분들에게는 조금 배부른 소리로 들릴지도 모르겠어요. 그럼에도 불구하고, 돈만큼이나 소중한 것이 나이기에 '행복한 나'로 존재할 수 있는 곳에 서 있으면 좋겠다는 작은 바람을 전해봅니다.

●

어디에도 천국은 없지만
지옥만큼은 피할 수 있기를.

모든 걸 놓아버리고 싶었던 날에

사는 게 다 부질없게
느껴지는 날이 있다.

모든 것을 놓아버리고 싶었던 20대 어느 가을 날,
문득 그런 생각이 들었다.

어쩌면 더 높은 단계의 가치를
바라보고 경험할 틈도 없이

결핍감과 미래에 대한 막연한 두려움에 이끌려
하루하루를 소모시키고 있었던 건 아닐까?

외적인 성취를
챙기기에는 열심이었지만

내적인 요소들은 늘 밀려나 있다가
어느새 삶 전체를 위태롭게 하고 있었다.

미래를 위해 희생되어 허망하게 버려진
무수히 많은 '오늘'들이 나를 원망하는 기분이었다.

그러다 번뜩 깨닫게 되었다.

성실하게 사는 것 자체는
좋은 일이지만 그 방향이 혹시
잘못되어 있었다면,

그것만큼 공허하고
비참한 일이 또 있을까?

그때부터 매일 감사 일기를 쓰고 일주일에 한 번씩
나만의 결심문을 쓰기를 5년째.

생각보다
괜찮은 하루였네.

당연한 권리와 내 몫이라고 여겼던 것들을
하나둘씩 내려놓을수록 삶이 훨씬 가뿐해짐을 느끼며

눈앞에 경고등이 켜지면 그대로 멈춰서
내 삶의 엔진을 점검하는 연습을 하고 있다.

상처가 아니라 성장이었다고 합니다

지금까지 살아온 날들을 5년 단위로 떠올려보며 차곡차곡 종이에 기록해본 적이 있습니다. (정해진 수명이 언제까지일지는 모르겠지만) 일종의 인생 1/4분기를 정산하는 의미였어요.

각 시기마다 떠오르는 주요한 사건과 그것이 남긴 의미, 그리고 감사 제목들을 정리해보았는데요. 특별히 지난 5년은 삶에서 가장 큰 변화가 있었던 시기였습니다. 결혼과 타지 적응, 난임으로 인한 심적 고통, 진로에 대한 시행착오, 취업 불안, 조직 문화와 인간관계로 인한 갈등, 몇 번의 응급실행과 세 번의 작은 수술까지…. 모든 문제들을 한꺼번에 경험한 시간이었죠.

이 책에 담긴 내용들도 대부분 이 시기에 경험하고 느꼈던 것들에 대한 이야기입니다. 물론, 지금은 해결된 일도 있고 여전히 현재진행형인 문제들도 있습니다. 다행히도 이 모든 사건들이 '상처'보다는 '성장'의 과정으로 남아 마음의 자양분이 되었어요. 작은 '감사거리'라도 찾아보기 시작했던 습관이 어쩌면 오늘을 살게 한 원동력이 된 거라 믿고 있습니다.

●

마음의 근육을 키우는
작은 습관을 만들어보세요.

이상하게 들릴지 모르겠지만 어릴 때부터 나는
엄마가 되기를 꿈꿔왔다.

결혼 직후

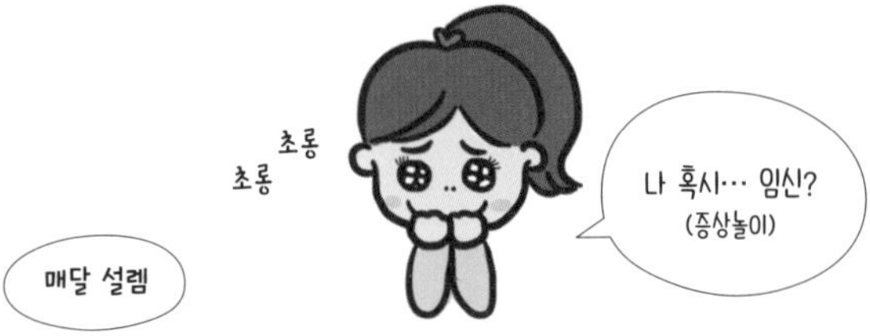

2년 차

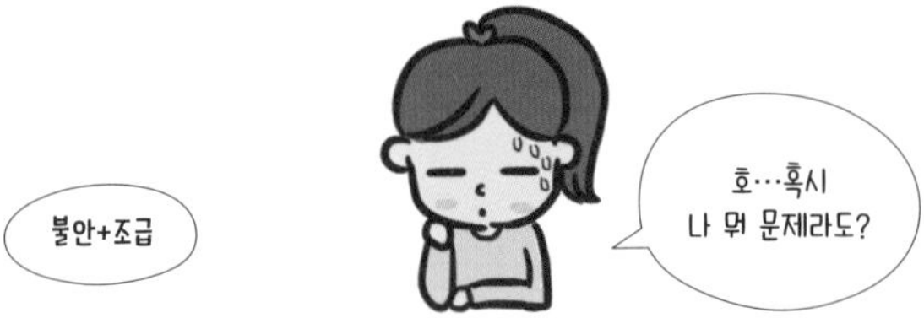

2년 반

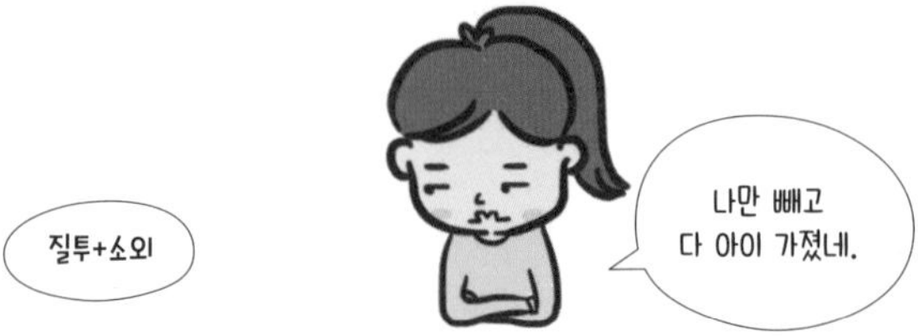

그렇게 기대없이 지내던 어느 날
덜컥 반가운 소식이 찾아왔다.

하지만,
기쁨도 잠시.

며칠 뒤

배가 막 아프더니
덩어리 하혈했어.

결국….

허탈

먹먹함

혼란

자책

올라오는 슬픔을
꾹꾹 눌러 담고 있던 어느 날.

대문 앞에 서 있는 사람은
다름 아닌 민 언니였다.

언니는 지금 돌 지난 아이를 키우고 있지만
2년 전 이맘 때 같은 아픔을 겪었던 적이 있다.

정말 아무렇지 않다고 생각했는데

헉… 언니!!
준이(아기)는 어떡하고
여기까지 왔어요.

나 멀쩡한데?
괜찮은데… 흐흐.
들어와요!

겪어본 사람이기에
알 수 있고

굳이 말하지 않아도
모든 것을 알아주고

토닥이고 함께
울어주는 것만으로도

내 마음을 묶고 있던 자물쇠가 풀리면서
마음 놓고 한참을 토해낼 수 있었다.

그러고 나니 신기하게도 체했던 거 같은
감정의 잔여물들이 쑥 내려갔다.

후련

알고 보니 3년 전,
혼자 삭혀내고 있던 민 언니에게도

띵동~

같은 아픔을 겪었던 한 언니가 찾아와
이렇게 똑같이 안아주었다고 한다.

후련

언젠가 나도 언니처럼
누군가를 위로해줄 날이 올까 생각했었는데
정말 그런 날이 오네.

그래, 언젠가 나도

내 아픔으로 누군가를
포근~하게 안아주게 될

그런 날이 오겠지…?

조금 아파도 괜찮습니다

누군가 찾아와 힘든 이야기를 꺼내놓을 때면 잠깐 토닥인 후 원인을 찾고 해결법을 조언해주는 것에 익숙했습니다. 그런데 정작 제가 아파보니, 정말 아플 때는 아무 말도 듣고 싶지 않더군요. 머리로 해주는 말보다 가슴으로 안아주는 위로 그 자체로 따뜻할 수 있음을 그때 알았습니다. 겪어보지 않은 사람의 세련된 말보다 겪어본 사람의 말 없는 따뜻한 품이 더 치유력이 강하다는 것을…….

그후 시련을 대하는 관점도 조금 바뀌게 되었습니다. 전에는 어떻게 하면 이 시간이 빨리 지나갈까 하는 것에만 집중했다면, 이제는 이 경험이 나중에 어디서 어떻게 쓰이게 될지 모른다는 생각도 해보곤 합니다. 절망 속에서도 작은 기대의 씨앗을 품는 법을 깨닫게 된 것이죠.

현재 나의 아픔이 미래의 누군가에게는
위로의 도구가 될 수 있기를.

인생에 첨가된 한 스푼의 고통

평소 나는 드라마보다
다큐멘터리를 즐겨본다.

홀릭~!!

각양각색의 삶을 접할 때면,
왠지 모를 신비감을 느끼게 되고

그러면서도 누구에게나
고단한 영역들이 있음을 알아간다.

그러고 보면,
가까운 지인들을 봐도

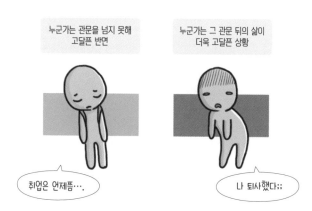

누군가는 관문을 넘지 못해
고달픈 반면

누군가는 그 관문 뒤의 삶이
더욱 고달픈 상황

취업은 언제쯤….

나 퇴사했다;;

세상에 사연 하나 없는 집은
없다는 말처럼

주변 사람들 눈에는
남부러울 것 없이 평탄하게만
비쳐지는 집들도 마찬가지!

그저 남들이 모를 뿐,
다들 하나둘 나름의
속사정들이 있더라.

가족사

원래 사람 심리가 나쁜 얘기는 쉬쉬하니까~
체면 문화가 강한 우리나라는 더하고.

막연한 외국살이 로망도 마찬가지라면
역시 완전한 유토피아는 없는 걸까?

여기는 지금
헬조선이라고 난리도 아니야.
거긴 살기 좋지?

물론 여기가
한국보다 나은 부분이 있지.
그치만 살아보면 그냥 똑같이 사람 사는 곳이야.
여기 현지인들도 나름의 고충이 있고,
볼만도 있더라고.

외국 친구

또 나 같은 이민자들은
이방인으로 산다는 외로움,
불안정함 때문에….

고충이 전혀 없는 직업도, 고통이 전혀 없는 인생도
애당초 없는 것이 원래 '삶'의 모양인가 보다.

누구나 저마다의
삶의 무게를 지고 살아가는 게
우리 인간인 것 같아.

넘실~

넘실~

그래서 인생을
고통의 바다라고도
부른다잖아~.

쳇바퀴 같은 삶 속에 있다 보면 내 짐이
세상에서 가장 무거운 것처럼 느끼게 된다.

나도 스스로 선택한 일을 하며
만족스럽게 살아가고 있다고 믿던 때조차

버겁고 혼란스러운 마음 때문에
조금 더 편한 일 같은 건 없는 걸까 투덜대기도 하고

꿈꾸던 삶을 살아보게 되었을 때도

생각지 못했던
또 다른 고충들이 찾아왔다.

책 한 건 쓴다는 거 쉽게 생각했는데
보통 일이 아니었네….

*불규칙해지는 생활
*마감에 대한 압박
*자신과의 싸움
*때때로 창작의 고통

우리의 바람과는 달리 삶이란 게 원래부터
복잡 미묘하게 많은 재료들로 조합된 걸지도 모른다.

인생

기쁜 일
아무 일 없는 일상
생로병사
슬픔, 고통

그럼에도 불구하고 각자의 일상에서
한줄기 빛을 발견할 수만 있다면

또 다른 하루를 걸어갈 힘을
얻을 수 있지 않을까?

저마다의 아픔을 안고 삽니다

누구나 그렇듯 저 역시 고생은 덜 하고 성공은 쉽게 하고 싶었습니다. 인생 좀 편하게 살고 싶었던 거죠. 분명 조금 더 편한 인생, 조금 더 불편한 인생은 있는 것 같습니다. 하지만 마냥 편하기만 한 인생은 없다는 것을 전문 상담사가 되고 난 후 알게 되었습니다.

학교 상담실에 있을 때는 1등은 1등대로, 중간은 중간대로, 꼴찌는 꼴찌 나름대로 인생이 다 고민 덩어리였습니다. 또 가정폭력으로 고통 받는 아이들의 부모 중 대부분이 사회적으로는 남부러울 것 없는 지위에 계신 분들이어서 여러 번 놀랐던 기억도 있습니다. 아마도 그에 상응하는 체면을 지키려다 보니 평소에는 스트레스를 표출하지 못하다가 가장 만만한 가족을 분노 통풍구로 삼게 되는 것이죠. 사람은 탐욕적이며 이기적인 본성을 지니고 있습니다. 그런 존재가 모여 만들어진 사회는 당연히 공평하지도 않고 편하지도 않습니다. 그러니 계층, 직업, 나이를 불문하고 세상살이에 고충이 따르는 것은 어쩌면 너무 당연한 일인지도 모르죠. 누구나 저마다의 아픔을 안고 살아간다는 것, 그리고 모든 인생에는 기쁨과 고통이 함께 한다는 말을 자연스럽게 받아들이면 조금 더 담담한 마음으로 하루를 살아갈 수 있을 거예요.

●

내 인생에 고통이 한 스푼,
기쁨이 와르르 추가되었습니다.

한 템포 쉬어갈 때

살다 보면 나 혼자 우두커니
한 템포 멈춰 있는 것만 같은 시기가 있다.

내 것이라고 생각했던 그럴싸한 이름들이
하나둘씩 떨어져 나간다고 느껴지는 순간.

쉬지 않고 전진해가는 군중들 속에서
나홀로 정체돼 있는 것만 같은 느낌이

썩 유쾌하지만은 않았다.

하지만 그렇게 쉬어가는 시간 덕분에
처음으로 '잘 쉬는 법'을 배우게 됐고,

그 시간이 아니었다면 생각해보지 않았을
인생의 중요한 질문들을 떠올려보기도 했다.

나중에
내가 늙으면?

언젠가는 나를 설명해주는 꼬리표들이
모두 떨어져나가는 때가 다시 또 올 텐데

그때 내 삶을 정말 가치 있는 삶이었다고
자신할 수 있을까?

그렇게 빈 시간들을 보내고 남들보다 조금 늦게
직장인이 되었는데

한 템포 쉬어갔던 그때 고민했던
나만의 확실한 가치관 덕분에

지금처럼 소신 있게 중심을 잡으며
살 수 있게 되었다.

이제는 그렇게 쉬어가는 시간의 소중함을
절실히 알게 되어서

그때가 종종 그립기까지 할 만큼

앞으로 그런 시간이
또 다시 찾아온다 해도,

쉬면 안 된다는
불안감 대신

비운 만큼 차오르기 마련이라는 깨달음으로
조바심 없이 즐길 수 있을 것 같다.

오늘은 내 마음이 먼저입니다

고등학교 입학부터 대학 졸업까지 한 번도 마음 편히 쉬어본 기억이 없습니다. 자잘한 글씨로 빼곡하게 적힌 수많은 플래너들이 당시 얼마나 심적으로 쫓기듯이 살았었는지를 함축하고 있습니다. 고등학생 때는 대입 압박에 시달렸고, 그토록 원하는 대학생이 되고 나서는 진로 결정과 취업 준비의 부담에 힘겹긴 마찬가지였죠. 어차피 쉬어도 쉬는 것 같지 않으니 차라리 쉬지 않는 쪽을 택했습니다. '뭐라도 하고 있으면' 막연하게나마 미래를 위한 투자라도 하고 있는 것 같아 마음이 더 편했기 때문입니다.

그러다가 결혼을 하고 남편을 따라온 타지에서 처음으로 아무 것도 하지 않고 온전히 쉬는 기간을 가졌습니다. 그때, 내 안에 불안이 많다는 것을 처음 알게 되었죠. 일을 하느냐 안 하느냐가 문제가 아니었습니다. 항상 마음이 불안했지만 무언가를 집중해서 하고 있을 때는 그것을 인식하지 못했습니다. 그러다 갑자기 집에서 쉬게 되니 '무언가를 하고 있는 나'에서 그냥 '나'라는 존재 자체로만 남게 된 거죠. 그제야 내가 누구인지, 무엇을 위해 그렇게 열심히 살았던 것인지, 앞으로 어디로 가야할지 심각하게 고민하기 시작했어요.

지금 돌이켜보면 아무것도 하지 않았던 빈 시간은 도리어 축복이었습니다. 그 시간을 통해 외모, 소속, 역할, 성취는 세월이 흐르면서 자연스레 떨어져나갈 꼬리표라는 것을 깨달았으니까요. 그것들은 나의 일부일뿐 '나 자신'일 수는 없었습니다. 서툴고 불완전해도 스스로를 용납하고 다시 일어설 수 있는 마음, 소중한 사람들과 맺은 관계와 추억, 이런 것들이야말로 세월이 흘러도 제 곁에 그대로 남아 있을 거란 확신이 들었죠.

그때부터 성취에만 치중하던 마음을 조금 내려놓게 되었어요. 그리고 나의 내면을 들여다보는 시간이 눈에 띄게 늘어났습니다. 사람들과의 관계를 가꾸는 시간도 소중하게 여기기로 했습니다.

때로는 위태롭고 불완전한 인생을 살아가고 있지만, 거친 파도에 쓰러져도 훌훌 털고 다시 일어날 수 있는 마음과 서로를 일으켜주며 함께 걸어갈 진정한 친구가 있다면 충분합니다. 그래서 오늘도 열매에 집착하기보다 내 마음의 가지와 나를 둘러싼 관계의 잎사귀들을 가꾸는 일에서 행복을 찾으려고 합니다.

●

빈 시간이란 삶의 참 의미를 찾아보라고
주어진 선물 같은 휴식기입니다.

지금 혹시 터널 속을 걷고 있다면

얼마 전 남편과의 휴가 길에
엄청나게 긴 터널을 지나게 되었다.

와… 이거 가도 가도
끝이 없네. 이렇게
긴 터널 태어나서
처음 와봐~.

진짜 길다~
끝이 보일 생각을
안 하네.

끝이 없어 보이던 터널을 지나며 새삼스레
어릴 때 엄마와 주고받았던 대화가 떠올랐다.

얘들아 이거 보렴~
이렇게 길을 다니다 보면
터널을 많이 만나게 되는데….

어떤 건 짧아서 금방 빠져나오지만,
어떤 건 이렇게 길어서 한참을 가도
끝이 보이지 않아.

우리 인생도 똑같애~.

사람이 살다가 이런 긴 터널을 만나면
빠져나갈 구멍 없는 동굴에 갇힌 것처럼
느껴질 때가 있거든.

하지만 시간이 얼마나
걸리느냐의 문제이지.
반드시 출구가 있어서 결국엔
밖으로 나오게 되어 있어.

동굴 속에 갇힌 것처럼 느껴질 때
거기가 동굴이 아니라 터널이란 걸 기억하렴!

사실 요즘 주변에 길고 어두운
터널 같은 시간을 지나고 있는 지인들이 많다.

마치 장님이
코끼리를 더듬는 것처럼!

세상에서 일어나는 온갖 종류의 고난은
우리가 다 이해하거나 설명할 수 없는 것들이 많다.

상담사라는 직업상 많은 사람들의 속사정을
들을 기회를 갖게 되면서 확실히 알게 되었다.

겉으론 마냥 평탄한 삶을 사는 것처럼 보여도
누구나 은밀한 고통의 영역을 하나 이상 가지고 있다는 것.

고통이란 게 참으로 주관적이라 감히
그 무게를 섣불리 판단할 수는 없어서

다른 사람의 상황도 함부로
말할 수 없다는 것을 배운다.

나 역시 얼마 전 갑작스럽게 생긴 수술 때문에
낙담했던 적이 있었고

혼자 세상에 남겨진 채
문제와 홀로 맞서고 있는 기분이었다.

하지만 흐린 뒤에는 반드시 갠 날도 오겠지
생각하다 보니

다시 걸어가 볼 수 있는
힘이 생겼다.

큰 문제에 빠져 있을 때는
어떤 말도 위로가 되지 않는다는 것을 알기에

고통 속에 홀로 서 있는 것 같은 사람에게는
그곳이 동굴이 아닌 터널이라고,

그 터널은 반드시 끝이 있다고,
조용히 응원의 마음을 전하고 싶다.

묵묵히 오늘의 분량을 살아갑니다

20대 내내 어렵게 모아온 돈을 하루아침에 범죄 피해로 잃어버린 친구, 집이 부도가 났는데 설상가상으로 아버지마저 사고로 중환자실에 들어가서 힘들어하는 친구, 산후우울 혹은 고부갈등으로 지쳐 있는 친구들까지. 저마다의 어려운 시기를 견디고 있는 친구들이 있었어요. 저 또한 개인적인 이유로 무너진 마음을 회복한 지 얼마 안 되었고요.

그때 이 그림을 그렸습니다. 스스로를 다시 세우는 마음으로, 또 친구들에게 아주 작은 힘이라도 주고 싶은 마음으로요. 꽉 막힌 문제 앞에 서 있을 때 사방이 막힌 '갇힌 동굴'이라 생각하지 않고 언젠가 출구가 나올 '작은 희망이 남아 있는 터널'로 생각하기를 바라면서 말이죠.

더 이상의 출구가 없다고 단념하는 것이야말로 살아갈 힘을 잃어버리게 되는 이유가 됩니다. 문제보다 소중한 것이 사람, 그리고 삶 그 자체입니다.

오늘도 제 삶에는 풀어야 할 미제 같은 이슈들이 여전히 많이 남아 있어요. 친구들의 삶도 마찬가지입니다. 한 문제가 해결되고 나면 또 다른 과업이 금세 찾아오는 게 원래 인생이니까요.

하지만 이 시간이 영원하지 않기에 잠잠히 걸어가다 보면 다른 출구가 나올 거라는 사실. 지금은 보이지 않지만 반드시 만나게 될 이 길 끝의 '빛'을 마음의 눈으로 그려보며 오늘도 묵묵히 걸어가보자고 스스로를 다독입니다.

그리고 이 글을 읽고 있는 당신을 열렬히 응원합니다.

●

오늘은 오늘의 분량을 살아요.
매일 한 걸음씩 걷고 있다면
그것으로 충분합니다.

홀가분한 마음으로 살겠습니다

어릴 때 누군가 제게 꿈이 뭐냐고 물어보면, 늘 '화가'라고 대답하곤 했습니다. 한동안 잊고 살았던 이 꿈을 결혼 후 남편에게 지나가듯 얘기했었는데, 그때부터 남편은 웹툰을 그려보라고 끊임없이 설득했습니다. 별로 귀담아 듣지 않자 그는 태블릿을 기습 선물하여 저를 웹툰의 세계로 입문시켜주었습니다. 그로부터 3년이 지난 지금, 그림 에세이를 그리고 공유하는 일은 제 삶에 큰 일부가 되었습니다(고마워요 사슴이!).

이렇게 그림을 그리는 심리 상담사가 되기까지 수많은 고민과 시행착오가 있었습니다. 다양한 공부를 하고 어울리지 않는 직업을 가져보기도 하면서 정체성에 대해서 다시 생각했죠. 그러던 중 진짜 꿈은 의사, 교사, 상담사 같은 명사가 아니라 어떤 직업을 가지든 변하지 않을 수 있는 그 명사를 꾸미는 형용사라는 것을 깨달았습니다.

지금은 나만의 형용사를 찾아 다양한 역할 앞에 붙이며 즐겁게 살고 있습니다. 물론 앞으로도 여러 직장을 어쩌면 계약직으로 계속 옮겨 다니게 될지도 모르고, 특정한 소속 없는 프리랜서로 살아갈지도 모르고, 경력 단절 여성이 될지도 모르겠습니다. 다시 학생 신분으로 돌아가게 될 수도 있고요. 하지만 어디서 무엇을 하며 어떤 모습으로 살아가든 보석 같은 형용사로서의 꿈이 있는 한, 지금처럼 진솔하게 살아갈 수 있을 거예요. 그것만으로도 충분합니다. 물론 지금도 때때로 고민하고 여전히 불완전하지만, 서두르지 않겠습니다.

그저 노련하지 않을 뿐, 우리는 생각보다 잘 살고 있으니까요.

마음을 그리는 심리상담사 웰시

오늘은 내 마음이 먼저입니다

1판 1쇄 발행 2018년 8월 1일
1판 2쇄 발행 2018년 8월 6일

지은이 김세은
펴낸이 고병욱

기획편집실장 김성수 **책임편집** 이새봄 **기획편집** 양춘미 김소정
마케팅 이일권 송만석 현나래 김재욱 김은지 **디자인** 공희 진미나 백은주 **외서기획** 엄정빈
제작 김기창 **관리** 주동은 조재언 신현민 **총무** 문준기 노재경 송민진 우근영

펴낸곳 청림출판(주)
등록 제1989-000026호

본사 06048 서울시 강남구 도산대로 38길 11 청림출판(주) (논현동 63)
제2사옥 10881 경기도 파주시 회동길 173 청림아트스페이스 (문발동 518-6)
전화 02-546-4341 **팩스** 02-546-8053
홈페이지 www.chungrim.com **이메일** life@chungrim.com
블로그 blog.naver.com/chungrimlife **페이스북** www.facebook.com/chungrimlife

ⓒ 김세은, 2018

ISBN 979-11-88039-21-0 (03810)

치악산 둘레길 코스지도 11코스, 140km
CHIAKSAN DULLEGIL COURSE MAP

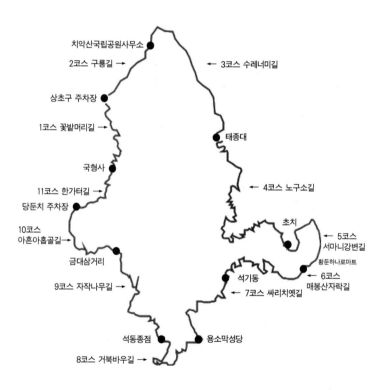

치악산국립공원사무소

2코스 구룡길 →   ← 3코스 수레너미길

상초구 주차장

1코스 꽃밭머리길 →

태종대

국형사

11코스 한가터길 →   ← 4코스 노구소길

당둔치 주차장

10코스
아흔아홉골길 →   초치   ← 5코스
서마니강변길

금대삼거리   황둔하나로마트

석기동   ← 6코스
매봉산자락길

9코스 자작나무길 →

← 7코스 싸리치옛길

석동종점   용소막성당

8코스 거북바우길 →

명예의 전당

제목 ∨   조철묵   🔍 검색

조철묵 님 (원주시) 4회완보

2023. 04. 01. ~ 2023. 09. 20.

수차례 치악산둘레길을 걸으며 건강에 도움이 되었고, 보고
=낀 감성을 시조로 작성하며, 금년 11월말에 시조집을 출판
예정이며, 큰 보람으로 생...

조철묵 님 (원주시) 3회완보

2022. 08. 13. ~ 2022. 08. 19.

3회차 걷기에 참여하는 동안 시간이 갈수록 건강이 회복되는
느낌이다.꾸준히 걷기와 함께 더욱 건강하고 나날이 즐거운
삶을 살아가야겠다.

조철묵 님 (원주시) 2회완보

2021. 11. 01. ~ 2021. 12. 23

치악산둘레길은 옛 서민들의 일상을 돌아보는 기회였고그
들의 삶이 묻어 나는 민족 얼을 고스란히 담고 있었다.원주보
건소에서 주최하여 건...

조철묵 님 (원주시)

2021. 08. 14. ~ 2021. 08. 20.

치악산둘레길을 걸으면서 구간마다 전해 내려오는 전설을
간직하고 있는 역사를 배웠습니다.임금과 스승에 얽힌 행동
속에서 한민족의 얼을 보았으며...

치악산둘레길

완 보 인 증 서

Completion Certificate for Walking the Chiaksan Dullegil Trail

성 명 : 조 철 묵   생년월일 : 1952. 08. 21.
Name   Cho Cheol Mook   D.O.B   Aug. 21st, 1952

완보거리 : **140km**   인증번호 :   2163
Distance   Certification No.

귀하께서는 사람과 자연이 만나는 아름다운 치악산둘레길을
한 걸음 한 걸음 오롯이 걸어서 11코스 전 구간을
완보하였기에 이 증서를 드립니다.

This is to certify that the person above has successfully completed
all the 11 walking courses of Chiaksan Dullegil Trail.

기록인증

사단법인 한국걷기협회 회장 김 인 호
Certified by President of Korea Walking & Trail Association,
Kim In-Ho

2023년 09월 21일
Sep. 21, 2023

원주시장   원 강 수
Mayor Wonju City   Won Gang-Soo

시인의 말

치악산 둘레길을 걸으며

'주경야독'이란 말이 있다.

일을 마치고 책을 잡으면 시상이 떠올라 글을 잘 쓸 수 있다고 하지만 나에게는 그 또한 어려움이 많았다.

시조를 접하면서 원주문인협회 주관으로 처음 문학 기행을 따라나섰을 때다. 모두 새롭고 신천지를 보는듯 한 느낌이었고, 문학관을 들렀을 때는 훌륭한 작가를 직접 만난듯했었다. 작품을 접할 때마다 소재는 생활과 시대가 달랐어도 그의 체험을 주관적으로 삼았다는 점에서 공통점을 찾았고, 나의 삶에서 경험을 토대로 사실을 써야겠다고 생각했다.

처음에는 동네 개울가를 돌면서 다리 힘을 기르는 데 주안점을 두었다. 원주 걷기협회에서 주관하는 수요 걷기 팀을 소개받았다.

수요 걷기 김영식 회장과 그 일행의 도움을 받으면서 발뒤꿈치를 따라갔다. 두세 바퀴를 돌고 도는 동안 사물이 보였고, 지명과 갈림길을 가려낼 수 있었다.

그날의 체험을 바탕으로 글을 쓰고 쉼터에서 일행에게 낭송하기 시작했다. 미래의 독자와 일문일답이 이루어지는 화평의 시간이 이루어졌다. 자연을 앞에 두고 대상을 찾기에는 아쉬움이 많았다. 마을지명의 유래와 전해 내려오는 역사를 시조에 얹었다. 삼 년이라는 짧고도 긴 시간을 치악산 둘레길에서 발로 걸으면서 쓴 시조를 한 편씩 모아 수확을 보게 되었다. 아직 덜 숙성된 졸작이지만 용기를 내어 두 번째 시조집을 세상에 내어놓는다. 시간이 허락된다면 주변에 둘레길을 걸으면서 느끼고 체험한 이야기를 시조로 엮어갈 생각이다.

바쁘신 중에도 저의 졸작에 과찬의 평설을 써주신 (사)한국시조협회 자문위원이신 구충회 박사님께 깊은 감사를 드린다.

2023. 11. 30.
치악산 태봉에서 조철묵

차례

평설

꽃밭머리길

상초구주차장(제일참숯)

경원리츠벨리

원주얼광장

관음사

국형사

국형사(國亨寺)

공주의 볼치병이 이 물 먹고 나았다니
사람들이 약수터에 줄을 지어 모인다

일급수
정화수라며
민초들이 마신다네

산사의 아침 예불 목탁소리 들리더니
솔바람 풍경소리 다가와서 건네는 말

샘물이
어디서 왔는지
생각하며 마시란다

화해

불교가 오기 전에 주인은 산신이다
국형사 동악단은 산신각을 대신한다

부처가
자리 만들어
함께한다는 뜻이다

동악단 산신 한 쌍 호랑이와 동자 있어
치악산 남남북녀 산신령의 분할통치

국형사
동악단만의
유례없는 특징이다

동악단

국형사 언덕 위에 동악단을 쌓아 올려
동악 신 봉인하고 원주횡성 영평정골

수령들
한마음 되어
제향 올려 바쳤다

조선의 정조 임금 희희 공주 병을 얻자
절에서 백일기도 깨끗하게 나았는데

물 좋고
산수가 좋으니
찾는 이가 많구나

관음사

소나무 숲길 따라 황토 욕장 찾아가며
맨발로 내디디면 발바닥이 아프다

이것은
만신창이 된
나의 몸을 때린다

관음사 가는 길은 소나무 숲 울창하다
산마다 병풍 되니 차악산의 원래 모습

열기 속
한가로운 도심
일상으로 보이네

염주

대웅전 왼쪽 건물 둥근 염주 108개
염주 알 모주(母珠) 지름 74센티 240킬로
모두를 합한 무게가 7.4톤에 이른다

통일을 기원하는 재일교포 깎아 만든
세 벌 중 통국사와 관음사에 보관하고
한 벌은 북한 묘향산 보현사에 봉안했네

염주는 방문객이 직접 만져 볼 수 있다
티베트 불교의 마니차처럼 108개를
만지면 한 권의 경전을 읽는 것과 같다네

비움

안개가 자욱한 이른 새벽 산사의 종
텅 빈 속 드러내고 고요하게 울어대면
북소리 안개를 타고 온 누리에 퍼지네

겨우내 움츠리고 무거워진 육신을
땀 내어 비워내면 깃털처럼 가벼워져
몸 안에 쌓였던 오물 깨끗이 씻어내네

평생에 일궈놓은 모든 것을 내려놓고
마음에 빗장 풀어 가진 재능 나눠주면
인생길 고통의 언덕 즐기면서 넘기네

봄

언땅이
쩍하더니
지진처럼 갈라지고

튤립이
언채로
빨간 웃음 터트린다

인생도
고통의 언덕 넘어
함박웃음 웃는다

단풍

샛바람 구름 안고 동녘으로 밀어내고
티 하나 없는 창공 북풍 한파 몰아치면

만삭인
하늬바람은
붉은 잎을 낳았네

천상의 신선들이 창문가에 올라앉아
추워서 떨리는 몸 숨겨 달라 울어대면

하이얀
된서리 맞고
고운 잎을 떨군다

운곡의 귀향

어릴 내 문장 실력 뛰어나고 해박하여
국자감 진사 되고 목은 이색 교류하여
이성계 왕이 되기 전 이방원을 가르쳤네

새로운 세력으로 이성계가 등장하자
치악산 귀향하여 농사짓고 부모 봉양
충신의 올곧은 절개 현세와는 달랐다

비로봉 동쪽 아래 변암에서 숨을 거둬
무학대사 잡아준 터 기이하고 교묘한 곳
운곡이 영면에 들자 자손만대 번창하네

운곡 영면에 들다

하늘이 감춰놓고 땅이 숨겨 때를 보다
선행을 많이 베풀고 공덕 많이 쌓은 분
그 공덕 보답이라네 천장지비 괴교혈*

기룡혈 원천석 묘 혈마다 용을 타고
생기를 저장하니 명당 중 명당이라
사람의 배꼽 같아서 많은 기가 모인 땅

산세는 백두대간 오대산 쪽 두물머리
양평의 중간지점 삼계봉서 매화산 넘어
비로봉 향로봉 사이 뻗어 내린 용맥이다

*괴교혈: 일반인들은 쉽게 가질 수 없는 혈자리

2코스

구룡길

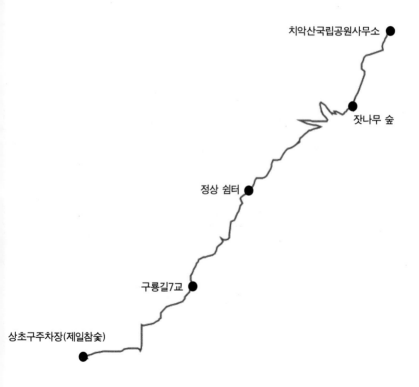

치악산국립공원사무소

잣나무 숲

정상 쉼터

구룡길7교

상초구주차장(제일참숯)

출입 금지

41번 버스에서 방랑객을 쏟아낸다
바람이 골을 타고 노란 잎을 몰아와서
치악산 황장금표 비 가려놓고 들어간다

키 작은 비석 하나 볼품없이 서 있는데
길 위의 역사 얘기 찬란했던 문화유적
향토의 황장금표 비는 입산 금지 표지다

황장목 군락지가 전국에 육십여 곳
보호수 지정하고 어명으로 벌목 막는
치악산 구룡사 매표소 구룡마을 입구다

소나무

평생을 피톤치드 송홧가루 불태우고
죽어서 왕실의 관 조운선과 판옥선에

내 인생
굽은 영 넘어
시조 안에 남기리

껍질이 두꺼우며 속이 붉은 황장목은
긴 마디 곧은 줄기 민족 얼이 서려 있다

왜구가
금강소나무
학명 올린 황장목

벌채

조선 때 원주 목사 상평청이 거둔 곡식
수 백석 몰래 취해 집으로 가져가고
황장목 몰래 베어서 탐학한 짓 자행했다

임금 명 받은 감영 조사관은 흐지부지
몸통인 원주 목사 슬그머니 풀어주고
죄 없는 산지기만 족치고 없던 일로 하였네

'황장목 벌채 사건' 사헌부가 들고나서
조사관 마음대로 공도 무시 죄가 크고
도신*도 흐리멍덩하여 파직하는 벌하네

도성의 사방에 산 볼품없는 벌거숭이
임금이 지시해도 현장 관리 청탁 무시
공무원 범죄 행위는 사라지지 않는다

*도신: 관찰사

조선 임야 분포

조선의 임야에는 나무가 전혀 없고
산마다 대부분이 민둥산이 되어있어
산에는
나무가 없어
황토 무덤 만들었네

수령의 가렴주구 못 견디고 숨어든 산
민초가 화전 일궈 나무 베어 땔감 쓰고
조정은
세곡선 만드는데
써버리고 말았네

복원

제일차 치산녹화 십 년 계획 시작되고
화전민 내보내고 민둥산에 나무 심어
땔감은 석탄으로 하고 산림녹화 시작했네

제이차 녹화사업 끝이 나던 무렵에는
전국의 산림이 바다처럼 푸르르니
복구에 성공한 나라 세계가 극찬했네

긴 세월 공을 들여 가꾼 산림 마구 베어
집 짓고 별장 짓고 카페 지며 파헤치니
아쉽다 푸르른 숲은 후손들의 몫인데

아홉용길

구룡길 구불구불 계곡 길을 따라가면
민초는 화전 일궈 얻은 곡식 등에 지고
치악산
화전민 옛길
쉬엄쉬엄 넘는 길

오일장 구불구불 오고 가던 긴 오르막
석축과 계단 모양 화전민 터 흔적들이
선조들
고단한 삶을
전해주고 있구나

구룡길

조구(草邱)는 신현(新峴)으로 지연농원 남쪽 들판
새 두둑 중심으로 위 새 두둑 아래 두둑
치악산
봉우리들이
한눈에 들어온다

치악산 봉우리로 토끼가 뛰어가고
봉화봉 삼봉에는 봉수대에 연기 올라
왜구가
쇠말뚝 박아
혈 막으니 가슴 아프다

문수사 1

하초구 갈림길에 동쪽 골목 따라가면
축대와 석탑재가 숨을 쉬는 문수사 터
옛 절터
자연농원 안에서
염불소리 들린다

서거정 공부하던 폐사 터를 복원하여
민족 얼 이어받는 문화재로 탄생했다
숨겨진
민족정신을
후손만대 전하네

문수사 2

겨우내 쌓인 눈이 봄바람에 녹아내려
계곡에 물이 불어 돌다리가 끊어지고
길손의 어려운 처지 안타깝기 한없네

안개가 몰려와서 골짜기에 그윽하고
구름과 노을들은 예나 지금 같은데
세월은 사계절 따라 쉬지 않고 달리네

문수사 창문 넘어 솔잎 사이 부는 바람
난간에 부딪혀서 솔향 초롱 떨어지니
그윽한 풍경 소리가 향 피우고 떠나네

황장목 1

어린싹 자라면서 비바람을 견뎠네
생존을 목에 건 지난날의 굴곡이
올곧은
존재가 되어
지조를 지켜왔네

태어나면 죽어야 할 존재임을 알면서도
저 홀로 침묵을 지키면서 자라다가
마지막
작별이 오면
미련 없이 떠나네

황장목 2

온산을 물들이던 단풍잎을 떨구면서
엄혹한 현실 앞에 절정의 끝 허망하고
시월의
소슬바람만
품속으로 스미네

서릿발 등에 업고 오색으로 물든 단풍
우수수 떨어지면 모든 표정 허허롭다
키 작은
황장금표 비가
외롭게 서 있구나

구룡길

구룡길 옛 이름은 화전민 옛길이다
화전을 일궈 가꾼 갖가지 농작물과
치악산
전역에서 캔
약초 지고 넘는 길

오일장 구불구불 오고 가던 긴 오르막
석축과 계단 모양 화전민 터 흔적들이
선조들
고단한 여로
말해주고 있구나

수레너미길

치악산국립공원사무소

수레너미재정상

절터골삼거리

태종대

수레너미

점 터 골 무쇠솥 터 옛 모습은 그대론데
돌길 위 오색 단풍 모자이크 수를 놓고
풍광은 계곡 물소리와 어우러져 있구나

수리재 수레너미치 여지도서 차유령(車踰嶺)
치악산 천지봉과 매화산을 잇는 안부
학곡리 한가 터 산막골 이어주는 고개다

강점기 금을 캐는 광산골이 있던 터에
캔 금을 골라내는 방앗간도 있었는데
그 모습 오간 데 없고 풀만 무성하구나

이름 없는 동굴

치악산
곳곳에는
바다 같은 호수 있어

골마다
사시사철
자연 폭포 이뤘는데

고인 물
잦아들면서
많은 동굴 생겼다네

오 형제 소나무

땔감이 귀한 시절
풀 베고 나무 베다

어린 목을 잘랐건만
구사일생 살아나서

다섯 순
거목이 되어
이름표를 달았구나

새재

학곡리
새재골과
흥양리 상초구길

오일장
때를 맞춰
넘나들며 쉬던 곳

억새가
군락을 이루니
운치 있어 좋구나

엄나무

오래된 엄나무가 고갯마루 홀로 서서
수백 년 제자리서 오가는 이 지켜보고
꽃 피고
비바람 치는데
알몸으로 버텼네

해월의 사형 직전 처교 죄인 동학 괴수
최시형 목을 졸라 죽인다는 글 새겼네
외롭게
흔적 안은 채
흐느끼며 있구나

해월(海月) 최시형

동학란 천도교의 전신 세력 주축 되어
대규모 민란으로 농민혁명 전쟁이다
세계의 기록유산으로 유네스코에 등록했네

남북접 연합하여 일어났던 동학 2차
기포가 청일전쟁 우금치 전투 실패하자
거처를 옮겨 다니며 관군 피해 살았네

두 번째 교주 해월 느릅정이* 눈길 걸어
치악산 깊은 골짝 손병희 주선으로 집을 사서
도리와 깊이 있는 토론을 강의하고 지냈네

해월은 원주 호저 고산 송골 원진녀 집
송경인 데리고 온 관군에게 체포되니
긴 잠행 끝나는 날이자 득도하는 날이다

*느릅정이: 인제군 신남면 유목정(愉木亭)

교주 해월

도통을 물려받아 2대 교주 되고 난 후
천주님 모신다는 '사람이 곧 하늘이다'
인내천 사상을 걸고 강원도로 잠적해

혁명 전 삼십 년간 71지역 전전하며
추적을 은밀하게 따돌리며 활동하니
접과 포 통문 간행 소 동경대전 펴냈네

경전은 한문으로 써 내려간 동경대전
문해인 민초 위한 가사체인 용담유사
노랫말 동학사상 교리 쉽게 알 수 있게 해

최보따리

모든 벗
최보따리
선생님을 기리며

송골 입구
글을 새겨
동학 배운 민초 애칭

동학 혼
깃든 역사가
수레너미 오갔다

수레너미재

확 트인 능선 따라 매화산과 천지 봉
사이를 넘어가는 얕은 고개 자드락길
정상을 제외하고는 평탄하고 순하다

조선 왕 이방원이 스승님을 만나려고
수레를 타고 넘어 지명유래 되었는데
구룡사 용소 폭포가 춤을 추며 흐르네

울창한 잣나무 숲 솟은 끝은 하늘 뚫고
퍼지는 송진 내음 스민 폐부 황홀하니
잣나무 피톤치드가 몸 속으로 스미네

가리내

경관을 바라보니 아름답기 그지없다
계곡에 맑은 물은 노래하며 흐르고
길손의 흐르는 땀방울 골바람이 식혀주네

대구가 원산지란 사과는 옛말이고
사과 재배 농사가 중부권에 늘어나니
지구의 온난화 현상 생태변화 가져왔네

사과나무 가지마다 주렁주렁 열리고
탐스런 열매마다 발갛게 익어가네
땀 흘린 농부의 얼굴엔 웃음이 가득하다

변화

식물의 생태변화 동물도 달라지고
곤충도 열대지방 생태계로 변화되니
바닷물
온도가 올라
어류 지형 바꾸네

새빨간 천남성이 요염하게 피어나고
산막 잰 고사리재 산이 막혀 막막한 곳
도시인
새집 짓고 들어와
'새말' 이름 달았네

태종대

태종의 어가가 머물렀던 주필대다
스승을 찾을 길이 막연해진 길목에서
붓 들어
허전한 마음을
달래보려 했던 곳

땅거미 내려앉자 어두움에 싸였다
계곡의 물안개가 구름 되어 날아가고
치악산
산짐승들도
구슬프게 울어댄다

태종우(太宗雨)

'바야흐로 가뭄이 극심하니 내가 죽어
혼이 있다면 비가 오게 하겠다.'
단비가
내리길 빌며
기우제 때 하던 말

마침내 태종 임금 이방원이 죽었는데
그날은 세찬 비가 쉼 없이 퍼부었다
내리는
비를 일컬어
태종우라 하였다

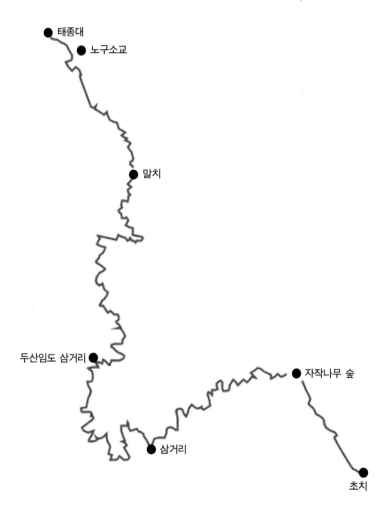

노구소길

태종대

노구소교

말치

두산임도 삼거리

자작나무 숲

삼거리

초치

장터

물과 산이 들고 나는 풍성한 시골 장터
개자바 가림 안에 돼지 새끼 꿀꿀대고
노오란 햇병아리가 아장아장 거닌다

삽주싹 그릇 가득 자루 속엔 백복령이
당귀와 알 칡뿌리 길게 누워 잠을 자고
도라지 하얀 살 드러내고 다소곳이 앉았네

첫 새벽 이고 지고 영 넘어온 가자미와
오징어 말린 명태 소금 절인 임연수어
장 보러 나온 아낙네 눈길 떼지 못하네

내지와 외지 사람 구전으로 소통하고
사돈과 장터 국밥 막걸리 잔 기울이며
시집간 막내딸 소식 안주 삼아 마신다

노구소

태종 이방원이 운곡을 찾아올 때
선생은 미리 알고 노파에게 이르되
자기가
피한 방향을
"반대로 말해 달라"

이방원이 와서 묻자 반대로 일러줬다
노파는 속인 분이 임금 된 걸 알게 되자
물속에
몸을 던져서
죽어 붙인 이름이다

두산 임도와 계곡

계곡물 폭포처럼 소리치고 흘러내려
숲속에 전원주택 두 팔 펼쳐 맞이하고
내 건너 진입하는데 비포장길 덜컹댄다

진명암 작은 암자 염불 없는 고요 속
외롭다 소리치며 울상 짓고 서 있는데
한낮을 찌는 더위에 목이 타는 멍멍이

소식함 우체통을 항아리로 만들고서
약수터 바가지로 물길어다 사용할 때
언덕 위 높게 지은 집 힘겹게 찾아온다

임도 옆 억새꽃은 바람결에 흔들리고
희망의 새싹들은 각색으로 옷을 바꿔
땀 흠뻑 힘겨운 임도 겨우살이 반기네

텅 빈 집 야생동물 먹이통이 비어있고
산허리 굽이돌아 산죽 깔고 선 참나무
취수장 물을 막아서 넘쳐흘러 길 막네

노구소길

안홍장
가기 위해
황둔 사람 넘나들던

옛 고개
초치 지나
중치 말치 고갯마루

보부상
민초들 땀방울
곳곳마다 스며있다

임도길

황둔초
소나무 앞
등산객들 모여있네

돌아갈
버스 없는
난코스로 손꼽는 길

차량을
대기시켰으니
여유만만 걷겠네

초치 가는 길

목이 탄
들판에
가을비가 내린다

갈바람
불어오자
황금 들녘 출렁이고

하늘도
구름 사이로
밝은 미소 보낸다

가을

온 들녘 곱게 물든 가녀린 코스모스
고개를 푹 숙이고 구절초도 한풀 꺾여
무덥던
여름 장마도
세월 안고 떠나네

동구 밖 느티나무 후리지아 갈아입고
찬바람 얼싸안고 어깨동무하자 하네
겨울이
오지 못하게
세월 잡고 서 있네

뱀골 삼거리

갈림길 다다르면 임도계곡 갈라진다
이정표 따라가다 길을 잃고 돌아오니
아쉽다
바른길 리본이
있었으면 좋을걸

시간을 허비하고 처진 어깨 한숨 쉬니
원인이 없는 결과 어디엔들 있겠는가
세상사
무슨 일이든
사연 있기 마련이다

시시비비

도시서 부대끼다 조용한 곳 자리 잡고
들어와 마을 이뤄 사람 상대 꺼려 하며
주민들 출입구 막고 오지 말라 막는다

말 치를 오고 가는 임도길을 막으면서
인접 군 자제해라 공문서로 요청하고
길 안내 우회 현수막 싸움거리 말렸다

민원을 예상하고 고쳤으면 좋을 텐데
매사에 때 놓치고 사후 방문 반복되면
신뢰의 위기가 닥치고 평가받지 못한다

천수답

뱀골은 일급수 맑은 물이 가득하다
지난밤 비 온 뒤에 계곡물이 불어났다
콩밭에
밤새 비가 오더니
한 뼘이나 젖었다

농사는 농부의 발자국 소리 듣고
곡식이 자란다고 사람들이 말하지만
하늘이
짓는다는 말
그 말씀이 진실이다

배향로

태종이 스승 운곡 못 만나고 돌아가다
고개턱 나뭇가지 곤룡포를 걸어놓고
스승이
계신 쪽 향해
배향하여 절했다

원통재 가는 길은 부곡계곡 골짜기서
입석사 잇는 고개 고둔치서 비로봉 쪽
움푹이
패인 안부는
운곡 쉬던 길이다

치악산 단풍

산마다 애기단풍 발갛게 물들었다
단풍이 꽃보다 아름답다 하더니
거짓이
아니었구나
여기 와서 알았네

산마다 봉마다 울긋불긋 수놓았다
치악산 단풍이 유명하다 하더니
그 말이
사실이구나
여기 와서 깨달았네

분교에서 캠핑장으로

두만교 못 미쳐서 캠핑장에 짐을 푼다
폐교된 두산 분교 황둔초에 통합되고
지금은
오토캠핑장
변신하여 유명세다

학교든 기업이든 시대 흐름 발맞추어
적성에 맞는 일을 고민하고 선택해서
변해야
살아남는다
내 인생도 그렇다

말치 오름길

혜촌사 갈림길에 정방향길 세 번 걷고
역방향 걸었는데 길을 잃어 막막하다
인생길
고통스러운 길
갈 길 잃고 헤매듯

길에서 배우는 게 참다운 지식이다
머릿속 저장이 된 지식은 죽은 지식
몸으로
깨닫기 전에는
산지식이 아니다

보부상

방물을 바리바리 짊어지고 좁고 험한
고갯길 허위허위 넘어 다닌 보부상은
얼마나 힘들었을까 지친 몸을 끌고서

그들의 희망 없는 고달프고 막막한 삶
오늘도 꾸역꾸역 차마고도 넘어가듯
고된 삶 목숨을 걸고 헤쳐 나갈 뿐이다

우리가 땀 흘리며 걷고 있는 길 위에는
삶의 애착만큼 죽고 싶던 애옥살이
민초들 맵고 짠 고통 역사 진국 배어있다

말치고개

배낭 속 도시락은 호텔 뷔페 진배없다
도토리묵 양념 넣어 쓱쓱 비벼 만든 무침
막걸리
한 잔 따르며
온 세상을 마신다

하산길 치악 능선 눈앞에 가까우니
와아아 탄성 소리 유럽산 속 버금간다
사진에
담아주면서
연인처럼 정답다

가을걷이

걸음을 멈추고서 알밤 줍기 시합이다
다래가 툭 떨어져 길바닥에 나뒹군다
한 알을
입에 넣으니
아, 달다 사탕처럼

창공을 배회하던 바람 타고 머리 위로
노오란 나뭇잎이 사뿐히 내려앉네
자연은
한 줄 시 되어
가슴 속을 적신다

배추

노구소 가는 길에 배추 싣는 대형 트럭
길 막고 비스듬히 햇볕 아래 졸고 있다
고랭지 채소밭에서 걷히는 걸 보면서

아랫배 남산만 한 사장에게 물어본다
배춧값 오르면은 돈도 많이 벌겠네요
"시세가 들쭉날쭉해서 겉보기와 달라요"

보기엔 그럴싸해 보이지만 따져보면
소득은 월급쟁이와 다를 바가 없는 현실
길 걷다 사람 만나니 배우는 게 참 많다

홍살문 가는 길

계곡물 철철 넘쳐 돌다리 물에 잠겨
난감해 툴툴대는 비명소리 들려온다
연이틀 비가 내려서 물이 넘쳐흘렀다

신발을 벗어들고 바짓가랑 걷어 올려
맨발로 앞장서서 용감하게 건너간다
하나 둘 계곡물 속에 발을 들여놓았다

냇물에 자연 욕조 시원하게 발 담그니
연이은 환호성은 원망에서 탄성되고
피로가 한순간에 풀려 전화위복 되었다

서마니강변길

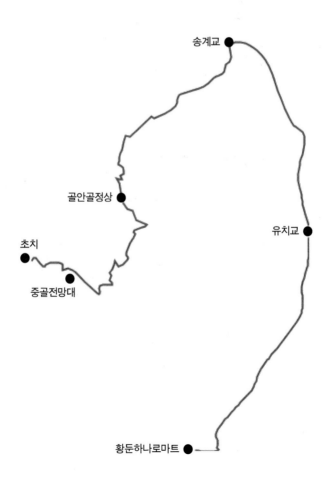

송계교

골안골정상

유치교

초치

중골전망대

황둔하나로마트

서마니강

자욱한 안개 속에 아치문을 열고 가면
청소부 신선한 숲 향기를 마시니
폐부에 스며들어서 묵은 때를 지우네

산마루 자작나무 청량한 숲 물려주고
가파른 내리막길 지그재그 내려가면
송계교 서마니강변길을 경치 보며 걷는다

치악산 계곡 따라 물방울이 모여들어
송계리 앞내에는 서마니강에 흘러가고
알곡이 황금빛으로 동양화를 그렸네

황둔쌀

삼거리 주변에는 찐빵 가게 널려있다
색깔별 곡식 갈아 물감으로 옷을 입혀
보기도 식감도 좋아 건강에는 최고다

둘레길 생기면서 쌀 찐빵이 인기 높아
지역 경제 도움 주는 효자 역할 하고 있다
여주인 사근사근한 미소 지갑입술 열린다

황둔천 양옆으로 기다랗게 누웠고
누웠다 누르되고 둔덕 마을 되었는데
먹거리 풍부해지니 나라도 배부르다

대로와 역로

황둔역 관리에게 말과 숙식 제공하고
관물을 수송하며 풍수 장호 이태원은
관리가 쉬었다 가는 국립 여관이었다

조선시대 고속도로 관동 영남 호남대로
국도와 지방도는 삼십 리마다 역을 두고
전국에 아홉 개 대로 오백 개 역 있었다

영조 때 여지도서 '역원조'에 따르면
보안도 단구 신림 태장동 안창리
신흥과 안흥역 외에 서른 개 역 있었다

가을

들녘은 한 주 사이 황금 옷을 갈아입고
짙푸르던 봉우리가 울긋불긋 수놓더니
골짜기
헐벗은 나무
겨울 준비 바쁘다

산안개 걷히고 구름 사이 내민 햇살
잔잔한 강물 위로 하얗게 부서지면
바람이
몰고 온 노을
황금가루 뿌리네

대교 펜션

건너편 하얀 집은 귀농 부부 보금자리
도회지 직장에서 퇴직하고 내려와서
부모 집
물려받아서
추억 속에 살았다

사람을 기다리다 배낭 메고 길을 걷는
치악산 걷기 행사 일행들이 반가워서
먹거리
내어놓으며
시설 이용 공짜다

순리

부자는 식신생재(食神生財) 타고난 사주 있어
무심코 베푼 것이 큰 재물이 되어 오듯
사람을
많이 사귀며
베푼 자가 부자다

사람은 있고 없고 베풀어야 득이 된다
굶주려 허덕일 때 작은 도움 주게 되면
선행은
적선이 되어
후손에게 돌아온다

말(言)

강변길 걸음마다 이야기꽃 피어나면
말들이 바람 타고 허공으로 퍼져가고
말 우물 귀담아들어 길어 올려 새긴다

명언집 빼어난 말 모두 모아 놓았지만
와닿지 않는다면 무슨 말 필요할까
감성을 끌어내야만 눈시울을 붉힌다

남에게 좋은 약이 나에게는 해가 되듯
안 맞는 명품 옷과 좋은 음식 소용없어
보란 듯 내보이는 삶 향기 없는 꽃이다

언어는 생각의 창 내면의 얼굴이듯
말에도 삶의 무늬 숨결들이 담겨있고
한마디 말로 빚 갚으면 행복으로 가는 길

기회

여행자
습성이란
때만 오면 감행한다

나중을
생각하고
매사 일에 얽매이면

한걸음
떼지도 못하고
포기하기 마련이다

문자 독점

서마니
둑방 넘어
옛 계야강 흘러가고

기와를
구웠다고
개와라 했는데

한자로
계수나무 들판(桂野)
펜대 잡이 독선이다

발바닥 계급장

스탬프 앞에 두고 사람들이 줄을 섰다
수첩에 한 장 두 장 계급장을 쌓으면서
한 권을
모두 채우면
스타 반열 들어선다

수첩이 몇 권 쩬가 아마 열권 안 되겠나
한 장씩 도장 찍는 재미가 쏠쏠했다
즐거운
파안대소가
하늘 높이 울린다

골안골

구렁이 기어가듯 열한 굽이 돌고 돌아
중턱에 올라서니 발아래에 마을 있네
자연은 굽은 곡선인데 인도는 직선이다

풀잎에 맺혀 있던 이슬방울 떨어지고
발원지 고인 물은 옹달샘에 가득하니
고라니 목을 축이고 희색이 만면하다

가쁜 숨 몰아쉬며 긴 오르막 올라서니
온몸에 흐르는 땀 등줄기에 흥건하다
인생길 이와 다르랴 산에 올라 알겠네

발원지

용천수 맑은 물엔 송어 떼가 노닐고
계야강 제방 따라 벚꽃이 만발할 때
굽은 길 둑길 넘어서 데크길을 걷는다

장마에 범람하면 주천 지나 서강 가고
폭설에 묻힌 강이 겨우내 길을 막아
마을을 감싸고 돌아가니 서마니에 갇혔다

갈림길 외로 돌아 계곡 위에 다다른 곳
샘솟는 약수에 토끼 가족 목축이고
긴 가뭄 끊이지 않는 서마니강 발원지다

서마니 정상

맨바닥 주저앉아 가쁜 숨을 몰아쉬며
이마에 흐르는 땀 주름 타고 흐르는데
골바람 내 귀에 대고 수고했다 말하네

긴 나무 의자에는 간식 잔치 벌어진다
점심을 먹을 텐데 간식이 풍성하니
걷거나 먹을 때마다 너와 내가 따로 없네

나뭇잎 서리맞아 조금씩 물이 들고
설악에 불붙었다 단풍 소식 전해오면
이제 막 물감 풀었으니 치악산도 불붙겠지

중골 전망대

전망대 올라서니 지난겨울 눈 오던 날
첫사랑 임과 함께 걷던 때가 떠오른다
그 옛날 추억 속에서 나를 보며 걷는다

저 멀리 감악산과 황둔 마을이 조화롭다
정상엔 일출봉과 월출봉이 마주 보고
남서쪽 불당골에는 백련사가 서 있다

치악산 오른팔이 동쪽으로 뻗어내려
자그만 준령 넘어 용두산이 자리 잡고
능선에 우뚝 선 암벽이 석축 산성을 지킨다

초치

첫 고개 처음치 새터재라 부른다
회봉산 서쪽 고개 넘어가면 무릉도원
두산리 황정골 지나 말치고개 이른다

말치를 넘어서면 강림 부곡 주필대다
태종대 강림으로 이어지는 초치 중치
말치는 황둔 사람이 왕복하던 옛길이다

태종이 강무*차 각림사 길 자주 갈 때
실미뜰 머물러서 몰이꾼에 낙마하여
임금이 떨어졌으나 다치지는 않았다

*강무: 수렵을 겸한 군사훈련

중골

하산길
다래나무
너울너울 춤을 춘다

스님이
많이 살아
중골이라 부르는데

골짜기
목탁 소리는 없고
소 울음만 들린다

매봉산자락길

황둔하나로마트

피노키오캠핑장

소야정류장

물안정

석기동

결편(缺便)

애타게 기다려도 버스는 오지 않아
한 시간 지난 뒤에 운행 상황 알아보니
회사의 경영난으로 중단했다 알리네

세상에 그냥 된 건 한 가지도 없다지만
상황은 의미 씨앗 가득 품어 안고 있다
하늘이 선물을 줄 때 불편함도 주었네

밴드에 상황 알려 긴급사태 선포하고
봉사자 동원하자 손들고 나타났다
사회의 숨은 영웅은 보석처럼 빛나네

자기소개

한 여자가 자기소개를 하면서 하는 말
제 이름은 이분이인데 부르기가 힘들면
이쁜이 그렇게 부르면 얼마나 좋겠어요

조선의 사대부는 이름을 안 부르고
어릴 땐 자(字)를 썼고 성인 되면 호(號)를 썼다
큰 공을 세우고 죽으면 시호(諡號)를 내려주었다

백성은 끌 톱장이 김 삼사리 박 뭉투리
사람을 개와 돼지 빗대어서 취급하니
임꺽정 장길산이 나오고 농민혁명 일어났다

석기동

석씨 성 가진 선비 숨어들어 살았다는
산속에 이른 아침 기온이 뚝 떨어지고
한기가 내 몸속으로 사돈하며 파고든다

가파른 임도 따라 천천히 올라서자
산안개 위아래로 휘감으며 돌아가고
숲 안개 걷힌 사이로 햇살이 눈부시다

영롱한 이슬 맞은 코스모스 향기 가득
여인들 포즈 취해 순식간에 모델 되니
사람이 꽃보다 아름다워 양귀비가 울고 간다

물안정(勿安亭)

황둔천 풍광 좋고 상류 있는 안쪽 마을
한자로 지은 이름 마을 모습 비슷하고

한자는
양반의 언어
평민 말은 한글이다

한문은 양반에겐 힘이었고 권력이다
세종이 한글 만들 때 벌떼 같던 이유이다

엉뚱한
한자 지명 보면
마음이 언짢다

물안동

물안동 골짜기에 고판화 박물관
목판화 전시하고 그림 있고 글씨 있는
김홍도 오류행실도 대표작이 걸렸다

한국 일본 티베트 몽골 판화 소장하고
문화재 목판 원본 목판 서책 판화 자료
유물들 삼천 오백여 점 별빛처럼 빛나네

목판화 펴내려면 한지 종이 필요하다
원주는 한지 고장 불가분의 관계지만
실생활 접목할 방안 찾는 것이 과제다

창공

티 한 점 없는 하늘
시리도록 푸르다

모두들 고개 들어
하늘 보니 탄성이다

저 푸른
우주 속으로
뛰어들고 싶어라

매봉정

산 정상 매를 날려
꿩과 토끼 사냥하고

산 아래 석기동서
능선을 바라보니

모습이
매부리 같아
매봉이라 불른다

피노키오 캠핑장

길 위에 입을 통해 많은 말이 쏟아진다
말들이 햇살 타고 허공으로 퍼져간다

모두들
말이 고프다
때를 넘긴 탓이다

걷기는 말 배우고 대화하는 광장이다
서로가 의사소통 세상 물정 다 알고

근심을
털어내는 곳
고찰 속에 해우소다

다슬기

앞 냇가 바위틈에 오글오글 모여있다
엎드려 줍다 보면 허리가 아파온다

다슬기
줍는 것보다
까는 것이 힘들다

물속에 자리하고 풍덩 앉아 줍는다
자식을 먼저 보낸 친정엄마 소일거리

다슬기
주워 담으며
아픈 가슴 달랜다

소야(小野)

캠핑장 지나오자 너른 버덩 소야다
병으로 소가 죽어 소골이라 불렀는데

황새가
많이 살았다는
소학동이 여기 있다

논둑길 풀을 깎다 쉬고 있는 농부님
여행길 평안하게 걸어갈 수 있다는 건

누군가
힘들여 흘린
땀과 노고 덕분이다

싸리치옛길

석기동

싸리치정

싸리치옛길 표지석

신림공원

신림면행정복지센터

용소막성당

아, 가을이다

벼 고추 무르익고 다래 툭툭 떨어진다
코스모스 활짝 피는 수확의 계절이다
구절초 방긋 웃는다 꽃길 따라 가고 싶다

어릴 적 놀던 동산 산들바람 불어오고
노오란 언덕에서 파란 하늘 바라보며
임 얼굴 보고 싶구나 그리움이 밀려온다

태풍이 거쳐 간 뒤 만삭이 된 하늬바람
우주가 뒤를 따라 손짓하며 다가오니
처서에 따가운 햇살 안간힘을 쓰누나

용소막 성당

천주교 금지하는 포고문 나붙었다
홍문관 보관됐던 서학서가 소각되니
천주교 탄압 강화로
집을 모두 떠났네

믿음을 선택하고 인적 드문 산속에서
화전 밭 일구면서 가까스로 연명하며
신앙을 지키려는 의지
신유박해 견뎠네

박해를 못 이기고 산골 마을 찾아 나선
사람들 모여들어 교우촌 형성하고
성당을 봉헌하면서
용소막이 되었네

한글판 성서

겨자씨 날아와서 뿌리내려 새싹 돋고
잎사귀 한줄기가 계절 바꿔 지나면서
가지에 심이 박히고 뿌리 깊이 내렸네

가진 것 버리고 박해 피해 찾은 민초
교우촌 이루면서 사랑으로 서로 돕고
신앙을 지켜가면서 형제애를 나눴네

장마철 불은 물길 건축자재 운반하고
적벽돌 흙을 빚어 가마터에 구워내서
혼담고 정성을 쏟아 고딕 성당 지었네

기도문 기도서를 구전으로 전하다가
한글판 성서 번역 교우들도 읽게 하고
성경을 무기로 삼아 배움터를 지켰네

강점기 슬픈 사연 가슴속에 묻어두고
전쟁의 아픈 가슴 말 못 하고 돌아서니
성당 앞 느티나무가 낙엽눈물 떨구네

성서 번역

성당 앞 고 선종완 신부님의 생가터다
아랍어 히브리어 쓰여 있던 구약성서
우리말 최초 번역한 말씀 성자 선종완

번역을 승인하지 아니하던 교황청은
바티칸 공의회의 개최 이후 승낙했다
선 신부 우리말 번역 십 년 일찍 해냈다

번역 일 함께하던 고 문익환 목사님은
좋은 성서 번역 외는 바라는 게 없는 사람
우리말 민초 사랑에 고개가 숙여진다

주포천

상원사 바위틈에 떨어지는 물방울이
실개천 흘러내려 합수머리 불어나고
주포천 가둔 보에는 철새들이 노닌다

주포천 따라가면 둔창마을 이어지고
둑방길 걸어가면 산수유도 따라오네
산줄기 휘어 돌아서 가리파재 넘는다

아이들 앞개울에 텀벙텀벙 미역 감고
푸른 숲 맑은 물은 계곡 따라 흘러내려
백운산 경관을 품고 제천강에 닿는다

역곡

단구역 목축이고 안창 지나 서울 가고
안홍역 장에 들러 영동으로 넘어가는
역곡터 가축 소리가 들리는 듯 하누나

금창리 가리파재 묵어가든 삼 칸 석집
우마차 끌던 소도 외양간에 쉬어가고
보따리 가득 싣고서 떼를 지어 넘는다

청나라 상인들은 고급 비단 취급하고
주전자 양재기들 사고팔던 일본 상인
보부상 길 위에 인생 저잣거리 떠돈다

치악산 호랑이가 손님처럼 거닌 고개
생필품 들고나던 봇짐장수 담도 크다
새역사 숨은 공로는 등짐에서 꽃핀다

용암 삼거리

제천 원주 오고 가며 길손들이 쉬어가던
주막이 있었고 강점기에는 솔뿌리
관솔로
기름을 만들던
공장들이 있었네

신림천 둑방 위로 하늬바람 따라오고
강에서 허리 굽혀 다슬기를 줍고 있다
모두가
어우러져 반짝이는
한 폭의 동양화다

신림면 소재지

신의 숲
서낭당이
신림당 숲 이어지고

금창리
큰 굴에서
구을파면 이었다가

가리파
갈라진다는 뜻
신림면이 되었다

신림역

치악산 원시림서 곧은 나무 잘라내어
역광장 넓은 터에 가득 쌓은 산판 벌목
화물차 가득 신고서 실어내던 거점역

목 잘린 재목들이 산더미로 쌓여있고
벌채 꾼 모여들어 반출 전쟁 치르는데
역장은 배를 불리고 수송 순번 바꾸네

반곡역 똬리굴 치악 넘어 서울 가고
제천역 터미널서 전국으로 배송하는
교통의 사통팔달로 산업 역할 다한 곳

강점기 노동자들 수난사가 서려 있는
담쟁이 줄기 뻗어 목재 창고 숨겨놓고
팔십 년 버텨온 느티나무 모르는 척 서 있네

기적을 울리면서 나선형 굴 빠져나온
기차가 멈춰 서면 오고 가는 길손들이
바쁘게 밀려 나오던 추억담은 개찰구

역사 안 들어서면 오른팔이 잘리고
왼팔도 거둬들인 철길 없는 자갈밭 길
그 옛날 아련한 추억 졸고 있는 이정표

신림면 소공원

기념탑 대한민국 정부수립 오십 주년
출향인 지역유지 지역단체 모여 세운
지하수
개발 유적비
자랑하며 서 있네

아무리 가물어도 지하수문 열어주면
신림들 가득 채워 알곡들이 풍성하고
남은 물
신림천 타고
남한강에 머무네

언당골

언당골 배나무 숲 수련원 뒷길이다
골짜기 산이 막혀 얼어 있어 언골이고
강점기
은광이 있어
은골이라 부른다

성황당 뒤에 마을 당후동이 있었다고
언골과 당뒤 모아 지은 이름 언당골
길 건너
배나무 거리
당뒤 언골 보인다

싸리치옛길

원주목 구을파면 금대리와 분리할 때
신림면 이름 짓고 소공원을 출발하여
싸리치 굽이돌아서 소야마을 가던 길

단종의 애환 담은 발걸음을 붙들고서
이마에 흐른 눈물 싸리꽃 퐁 말려주던
광나루 한양 백여리 청령포가 삼백 리길

김삿갓 전설처럼 녹아있는 인생의 능
시 한 수 읊으면서 피곤함을 내려놓네
싸리치 굽이돌아서 보따리도 쉬어간다

혹한을 견뎌내고 나뭇가지 물오르면
초록은 아린 고통 긴 터널을 뚫고 나와
보라 꽃 희망을 싣고 싸리치를 넘는다

역사의 길

궁예가 삼국통일 푸른 꿈을 가득 품고
군사를 이끌고서 석남사에 머무르다
싸리치 넘어 강릉으로 출정의 길 갔는데

김삿갓 방랑시인 해 저물녘 주막 찾아
주린 배 움켜쥐고 허위허위 넘었던 길
쉰 밥을 얻어먹으며 겪었던 서러움이 밀려온다

단종이 칠 백여리 유배길에 올랐는데
단강서 목축이고 싸리꽃 향 힘을 얻어
마침내 열흘이 걸려 청령포에 도착했다

거북바우길

석동의 가을

태풍이 지나간 숲 깨끗하고 선선하다.
들녘에 풀벌레가 숨 멎도록 울어대고
어두운
하늘 곳곳에
별똥별을 뿌린다

오늘은 가을 업고 소슬바람 맞아가며
만추를 느끼면서 하루 종일 걷고 싶다
자연을
친구삼으니
하늘 문도 열린다

열녀비

함경도 고향 떠나 구미동에 이사 와서
남편이 운명하자 지아비 따라 죽은
아내를 기리고자 세운 정선전씨 열녀비

남자는 열 여자를 거느려도 무방하고
여자는 한 남편만 섬기라는 말이냐
폐정 안 동학농민군도 과부재혼 외쳤네

굶어서 죽는 것은 문제 없는 작은 일
정절을 잃는 것은 큰일이라 생각했던
정절론 과부개가 금지법 모난 법도 법이더냐

여성을 불경이부 삼종지도 칠거지악
통틀어 올가미로 조이었던 족쇄였다
새로운 갑오개혁으로 과부 개가 허락했네

큰골

오름길 구불구불 구학산방 가는 길은
골마다 녹음 가득 숲속으로 우거지고
나무를
감아 도는 덩굴
다래 열매 가득하네

칠십 년 이전에는 산간 오지 마을인데
화전민 내보내고 산림녹화 사업 이뤄
지금은
새롭게 단장한
펜션 명소 되었네

구학산 주차장

가을은 빛으로도 냄새로도 익어간다
푸르른 하늘 아래 코스모스 수줍고
도토리 머루 다래가 노랗게 익어간다

구학산 오르는 길 계곡물이 불어났다
넘치는 징검다리 물속에서 옮겨놓고
디딤돌 발판 만들고 손을 잡아 이끈다

상황에 대처하는 판단력과 순발력은
일행을 위험에서 안전하게 구제하고
덕분에 숲속을 거닐며 수다 잔치 벌인다

거북바우

한 굽이 돌아서면 긴 계곡이 가로막아
용으로 승천하다 힘 모자라 멈춰서니
바위로
자리를 잡아
거북바위 되었네

정면을 바라보면 잘린 면이 날카롭고
측면서 올려보면 거북 모습 판박이다
아직도
누워 있으면
하늘나라 언제 가나

구학정

산죽을 꺾어 모아 빗자루를 만들어서
평상을 쓸어내려 앉을 자리 마련하고
막걸리
한잔을 마시니
세상이 내 것이다

간식을 꺼내놓고 줄을 맞춰 배열하니
홍동백서 조율이시 차례상이 되었구나
추석도
머지않으니
고향 산천 보고 싶다

길을 잃다

전망대 가는 길 이야기에 집중하다
이정표 빤히 보고 엉뚱한 길 내려갔다
리본만
걸려 있어도
길을 잃지 않을 텐데

지적 후 문제 생겨 고친 뒤엔 이미 늦다
큰 사고 나기 전에 작은 사고 일어난다
현장의
작은 목소리
실천하면 어떨까

구학 전망대

드높은 창공 아래 치악 능선 울타리가
비바람 막아주며 포근하게 품고 있다
알곡이
넘실대는 들판엔
풍년가가 울리네

가슴엔 숲속 향기 넘치도록 가득 담고
시야에 들어오는 풍광으로 채웠는데
그것도
모자란다며
셔터 속에 담는다

용암리

신림역 서쪽 중턱 뾰족한 가마솥 바위
최규하 증조부 묘 산불이 났다지
산불로
가마솥 달궈
대통령이 되었다네

풍수는 삶의 바탕 경험 축적 결과란다
땅심의 좋은 영향 소유주가 아니라
그 품에
안겨 사는 자에게
돌아가는 이치다

탑골 서낭당

새 농촌 우수마을 시상금으로 지어졌다
엄나무 당목 삼아 삼 구월에 고사 모셔
마을에
풍요와 안녕
간절하게 청한다

마을과 서낭당 간 5층 석탑 있었으나
강점기 반출되고 민족 얼을 빼내 가고
석탑재
일부만 남아
한국사로 옮겼다

용소막(龍沼幕)

신림역
건너편에
양지바른 서쪽 버덩

하늘로
승천했던
용이 살던 용소막

농부의
고단한 신세
굽은 허리 말하네

자작나무길

● 금대삼거리

● 보림사

휴양림소광장 ●

치악산휴양림(고라니동) ●

임도안내판 ●

작은가디골
●

석동종점 ●

가을비

바람이 불어와서 빗방울이 부딪히면
창문은 겁에 질려 덜덜 떨며 소리친다
잠에서
깨어나라고
알람 되어 울린다

배낭을 등에 업고 새벽공기 가르면서
가을 산 첫차에는 산꾼들만 가득하고
반갑게
웃는 모습에
오늘 하루 즐겁다

임시 정류장

만차된 시내버스 금대계곡 입산 근처
안내판 앞에 서서 내려주고 떠나간다
입꼬리
귀에 걸리니
운수 좋은 날이다

비 올 때 입은 우비 단풍 물이 들었는데
소장품 가방 비옷 디자인이 비슷하면
성격과
행동 모습도
닮은 데가 많았다

명당

평생을 머슴살이 생계유지 이어가던
가난한 아버지와 장가 못 간 아들이
아버지 병으로 죽자 관을 지고 산에 갔다

묻을 자리 깊이 파고 조심스레 내렸는데
아불 싸! 순간 실수 거꾸로 떨어졌네
아들은 흙으로 덮은 뒤 자리에서 일어났다

이 모습 지켜보던 스님이 나타나서
임자가 따로 있네 부친 무덤 명당일세
발복할 자리에 묻었으니 복도 많다 말했다

봉분을 만들어서 밥 한 그릇 올려야지
마을로 내려가면 큰 기와집 있을 걸세
주인께 사정 얘기를 해서 밥과 음식 얻어오게

아들이 기와집에 문을 열고 들어서자
병으로 가족 죽고 혼자 사는 처녀 있어
무덤서 스님 주례로 부부 연을 맺었다

처녀는 수 백석의 부자인데 거둔 곡식
팔아서 금덩어리 세 항아리 채웠는데
병으로 후사 없던 부부 말 못 하고 죽었다

부자가 되고 싶던 민초들의 욕망 담긴
집터는 흔적조차 사라지고 폐허 되니
항아리 묻혀 있는 집터는 찾을 길이 없구나!

금대리(金垈里)

치악산
병풍처럼
비바람을 막아주는

무쇠 터
금 대리는
물가 마을 물터였다

항아리
금호*가 묻혀 있다는
전설 속을 가보자

*금호(金壺): 금항아리

금대철교

청량리 경주구간 옛 중앙선 길목이다
개통 후 이 년이나 지연되는 문제 생겨
똬리굴 나선형 구간 난공사가 불렀다

치악산 고도차를 극복하는 대안으로
백운산 산기슭과 백척교를 뚫는 작업
곡선형 터널 공사가 삼 년이나 걸렸다

열악한 공사 현장 다리가 무너져서
공사마다 사상자가 수시로 발생하니
반곡동 공동묘지에 그 영혼들 영면한다

일제가 전쟁물자 산림자원 수탈 위해
설치한 똬리굴과 백척교는 복선전철
자리를 내어주고서 역사 속에 사라졌다

영원산성

둘레가 천삼십일 보 삼국사기 전해지고
후삼국 시대에는 양길이 주둔했고
궁예는 신림면 석남사를 거점으로 삼았다

고려 때 충렬왕과 임진왜란 두 차례나
큰 전투 벌어졌고 원나라가 원주 칠 때
원충갑 열 번 걸친 전투 연합군을 물리쳤다

전투가 불리하던 전세를 역전시키는
계기가 된 원주는 일신도호부 승격되고
삼 년간 백성에게는 부역 세금 면제했다

패배

임진란
기요마사와
싸운 영웅 있었으니

김재갑이
백성들과
한 몸 되어 전사했네

그 부인
목숨을 끊어
충효열의 귀감이네

원주의 산성

강원도
수부 도시
강원감영 지켜오던

치악산
끊긴 교통로
영원 해미 금두산성

단절된
산성길 세 곳
복원할 길 시급하다

회론동

골짜기 돌 골라내 손바닥 논 만들어
민초는 돌논이라 이름 지어 불렀는데
양반은
한자로 만들어
회론(回論)이라 지었다네

돌논과 회론동이 어울림이 전혀 없듯
민초는 구전으로 사대부는 생각 적어
민족 얼
정사 전설 야사를
어찌 봐야 맞는가

갈림길

비 그친 계곡물은 노래하며 흐르고
풀들은 포기마다 생기가 넘쳐난다
만물은
물을 마셔야
살아갈 수 있는 거다

태고종 보림사는 대처승이 기도하고
조계종 무위선원 백운사는 비구승이다
염불로
중생 위한 기도
산을 넘어 퍼진다

오르막길

가파른 오르막엔 말소리는 사라지고
거친 숨소리만 점점 크게 들려온다
안개가
산을 휘감으니
운무가 예술이다

서투른 아마추어 사진작가 멈춰서니
모델이 줄을 서서 포즈 취해 보여주고
사람을
바꿀 때마다
분위기가 새롭다

바람골

바람만 불어대서 바람골인 골짜기
바람 한 점 없으니 어디에서 잠들었나
언어는 생각의 집이다 말 속에도 영혼 있다

임도에 비 그치자 공기가 신선하다
숲속은 축복이요 하느님의 은총이다
가진 것 주어진 것에 감사할 줄 알아야지

가진 자 부러워서 불평했던 지난날
시간이 지나면서 부끄러워 후회한다
자연을 닮아야 한다 탐욕스런 인간아

찰방(察訪)

찰방은
지방 수령
동향을 관찰하여

중앙에
보고하는
파견관을 겸했는데

권력은
예나 지금이나
갑질에는 변함없네

자작나무길

세월이
얼기설기
엉켜 있는 역사 안고

땀방울이
흐르도록
뙤약볕을 받고 나니

바람이
눈치를 채고
재빠르게 불어오네

아흔아홉골길

당둔지 가을

모기의 주둥이가 비뚤어진 처서다
풀벌레 외로워서 구슬프게 울어대며
나그네 바쁜 발목을 쉬어가라 붙잡네

산주인 청설모가 겨울 준비 분주한데
하늘에 닿을 듯한 잣송이를 뺏길까 봐
부부가 날아다니며 힘을 모아 거두네

가을은 벌레 소리 땀 냄새를 등에 업고
잎사귀 색칠하며 소슬바람 타고 온다
습기를 머금은 공기도 가을 속에 사라지네

신촌 산장

홀로 핀
야생화가
해가 나서 시들다가

산골에서
춤을 추며
노래하던 계곡물이

안개로
변신하여 입 맞추니
생기 돋아 살아나네

샛담

끝담과
새말 사이
물레방아 연자방아

서낭당
돌아가면
표지석이 알려준다

그 옛날
번창했던 마을
적막감이 맴돈다

끝담

텃밭에 무우 배추 모종 심은 마을 지나
오르막 가을바람 가슴 깊이 스며들면
아! 좋다
선문답 같은
감탄사가 나온다

송담이 소나무에 뿌리박고 올라갔다
기운을 먹고 자란 팔뚝만 한 담쟁이가
관절염
치료 약인데
잘릴까 봐 두렵네

길 아치

일론골
북서에서
한가터로 넘어가고

산 능선
영원산성
서쪽 아래 마을이다

위치를
잘못 앉아서
좌불안석이구나

일론골

골짜기
논이 많아
실론에서 일론 됐네

왜군의
죽은 피가
흘렀다고 흘론되니

지명도
잘못 지으면
살릴 길이 없구나

일론 분교

지금은 일론 분교 상전벽해 되었지만
첩첩산중 두메산골 오지 중의 오지였다
아이들
서울 구경하며
외국인 줄 착각했다

럭키의 초청으로 도크 구경할 때
배를 본 아이들은 "배 위에 또 집이 있네"
처음 본
구경거리에
탄성을 질렀었다

뒷들이골

도새울 안에 있는 작은 골서 터 골 끝에
산주인 멧돼지가 산등성이 파헤쳤다
짐승도
사람들처럼
먹는 것이 우선이다

하산길 하늘 향해 쭉쭉 뻗은 낙엽송밭
친구와 어깨 잡고 둥그런 원 그리고
웃으며
사진 찍으니
걸작품이 되겠네

아흔아홉골

깊은 산 구십구곡 골짜기 크고 넓다
도새울 서쪽으로 정상까지 이어진 곳
입구 선 다릿발이*가 대문 되어 막아준다

포수가 곰을 쫓아 골짜기로 들었는데
그 곰이 아흔아홉 마리로 변신하니
신령이 머물러 있어 잡을 수가 없었네

난리 때 백일 명이 바위굴에 숨었는데
아이가 엄마 끌고 나오자 굴 무너져
두 사람 살아서 남고 구십구 명은 죽었다네

크나큰 대궐집도 아흔아홉 칸 안 넘고
예수님도 아흔아홉 양을 두고 잃어버린
한 마리 양을 찾아 나섰다 백은 신의 영역이다

*다릿발이: 다리를 받치는 기둥

156

금대삼거리

산길을 내려오니 시장기가 느껴진다
죽자 하면 살 것이요 살자하면 죽을 게다
이순신
밥을 먹으며
울음 함께 삼켰다

끼니마다 배꼽시계 정확하게 알려 준다
그 시각 넘어가면 팔다리가 힘이 없다
산길을
걸을 때마다
생각나는 식후경

한가터길

국형사

반곡역

한가터삼거리

버들초등학교

당둔치주차장

섭재슈퍼

안오릿골

밖에서 볼 수 없게 오리나무 무성하여
난리도 피해 가니 살기 좋은 오리현촌
마을 앞
천 년을 넘긴
느티나무 말하네

마을에 청년들이 연이어서 죽게 되어
노인만 남게 되자 연못 메워 밭 만드니
인간의
정신이 문제지
풍수가 문제인가

오리현천

향로봉
발원하여
고문골과 오리현에

봉대천
합류하고
원주천에 흘러든다

영랭이
행구 반곡 사이
흐른다고 영랑천이다

잣나무 숲길

잣나무 울창한 숲 산책하기 십상이다
흙길은 구불구불 맨발 걷기 나섰더니
암 치유 다이어트에 특효라니 기분 좋다

햇빛이 돋아나자 먹구름이 몰려온다
샛바람 다가와서 온몸으로 막아내니
해님이 구름 사이로 방금 웃다 숨는다

쉼터에 자리 펴고 하늘을 바라보니
솔 순이 붓이 되어 창공에 글을 쓴다
잠들면 아니 된다고 네 갈 길을 가란다

한가 터

골짜기 속이 넓고 큰 터 있는 마을이다
곡식이 잘 되면서 소 북간도라 불렸으며
전쟁 전
백여 세대가
풍요롭던 마을이다

어느 날 산 하나가 통다지로 없어지고
산주인 동식물이 삶터 잃고 쫓겨났다
무차별
숲을 없애면
나 역시 쫓겨나리

낚시터

다랑이
천수답이
탐내던 저수지가

시대가
바뀌면서
낚시터로 변신하고

족구장
옆 산을 깎아
테니스장 만드네

혁신도시

실개천 물길 따라 버드나무 울창하고
물고기 무리 지어 냇가에서 헤엄치면
아이들 고무신 가득 송사리를 잡던 곳

초가집 굴뚝마다 뿜는 연기 자욱하고
해 질 녘 마을 어귀 밥 내음이 구수하다
쇠죽을 먼저 퍼주니 울음 그친 송아지

설마다 새 옷 입고 세배 가던 오솔길을
집으로 돌아오면 서산에 해가 지고
떼 지어 몰려다니던 고향 벗들 보고파

지난날 생각나서 보고 싶어 찾아가니
옛 모습은 간데없고 빌딩 숲만 울창하니
이제는 돌아갈 수 없는 옛 시절이 그리워

선녀바위

반곡동 선녀바위라 부르는 큰 선바위
한가 터 금두산과 영원산성 넘는 길에
지라치 고개에 서면 우뚝 솟은 바위다

이곳에 홀어머니 함께 사는 착한 남매
집안이 가난하여 초근목피 연명하다
어머니 이름 모를 병 앓아눕고 말았네

남매는 약한 첩도 못 써보고 울 뿐인데
상원사 가던 노승 가엾다며 방안 일러
서른셋 중에서 모연실만 못 찾았네

철없는 선녀 길동 어머니 병 고치려고
인간 띠 만들어서 벼랑 위에 가짜 약초
실망해 손을 놓으며 떨어져서 죽었네

거동도 못 하였던 어머니는 일어나서
벼랑 밑 뛰어가서 남매 시체 끌어안고
한없이 눈물 흘리며 망연자실했었네

몸 위에 떨어졌던 길동이는 살아나고
선녀만 죽었는데 딸 못 잊어 매일 같이
선바위 아래서 울다가 선녀바위 되었네

뒷골공원

유적지 선사 유물 보존하는 뒷골공원
새 도시 건설하며 발굴됐던 신석기 터
모형인
빗살무늬토기
쓸쓸하게 서 있다

기원전 반곡동에 살았었던 조상들
주거지 알려주는 돌덧널무덤 만드니
후대에
길이 보전할
역사 유물 되겠네

반곡역

강점기 한국전쟁 현대사에 이르면서
원주의 철도 역사 산증인이 되었는데
문 닫은
현실 앞에서
아쉽고도 슬프다

원주에서 반곡까지 바람 숲길 만들어
걷기와 자전거길 만든다니 기쁘다
폐역도
시대 흐름에
맞는 변신하겠네

섭재마을

봉우리로 둘러친 병풍 같은 준봉들이
바람을 막아주고 풍수해도 비껴가는
명산에 자리 잡으니 섭재마을 숲고개다

좌우에 기암괴석 황장금송 울창하고
이슬이 방울방울 떨어져 흘러내려
맑은 물 내를 이루니 황금벌판 되었네

논두렁 나물 콩이 송이송이 열리더니
갈건이 마친 후에 집집마다 나눠주네
이 마을 인심 후한 걸 어디에서 또 찾나

강물은 돌고 돌아 원주천을 향하는데
둘레길 구불구불 벚나무길 이어지고
서낭당 마을 입구를 소나무가 지키네

하늘엔 뭉게구름 한가하게 노니는데
서늘한 하늬바람 영을 넘어 다가오면
오백 살 느티나무가 반갑게 맞아주네

시조로 찾아가는
치악산 둘레길

구충회
(사)한국시조협회 자문위원·문학박사

〈평설〉

시조로 찾아가는 치악산 둘레길

구충회
(사)한국시조협회 자문위원 · 문학박사

1. 여는 말

조철묵 시인의 제2의 고향은 원주다. 치악산은 강원도 원주시 · 횡성군 및 영월군에 걸쳐있는 명산으로 산세가 웅장하면서도 아름다우며, 각양각태의 문화유적과 이와 관련된 전설과 민담이 전해 내려오고 있어, 1973년 강원도 도립공원으로 지정되었다가 1984년 국립공원으로 승격되기도 했다.

평소에 향토문화를 아끼고 사랑하는 시인은 〈치악산 둘레길〉이란 제한된 공간을 소재로 138편이나 되는 시조를 생성했다는 점에 필자는 주목하지 않을 수 없었다. 치악산에는 우리의 역사와 문화가 있고, 다양한 유물 · 유적과 전설이 있다. 각양각색의 동식물이 숨 쉬고 있는가 하면, 산촌에서 생활하고 있는 민초들의 소박한 삶이 존재하고 있다. "인간은 아는 만큼 느낄 뿐이며, 느낀 만큼 보인다"고 했다. 시인은 알기 위하여 지명과 유물 · 유적에 관한 역사적 기록과 참고 문헌을 주경야독으로 공부하였고, 아는 만큼 느끼기 위하여 치악산 둘레길 11코스를 틈만 나면 답사했던 것이다. 시인의 작품 속에는 우리 유물과 문화재에 대한 애틋한 사랑이 있고, 물질문명의 발달로 인하여 뒤안길로 사라져가는 자연 훼손과 세시풍속에 대한 연민과 동경이 응축되어 있다.

시인은 치악산 둘레길을 수 없이 걸으면서 다양한 유물과 유적을 답사하고, 이와 관련된 전설과 민담 등을 수집하여 이를 시조로 형상화했기에 이는 문학 작품인 동시에 답사기이며, 안내서의 역할을 하기에 충분하다 할 것이다. 문학이란 측면에서 작품을 볼 때 다소 미흡한 점이 없지 않으나, 고향에 대한 시인의 각별한 애정과 향토의 문화유산을 아끼고 이를 보호하고자 하는 애호 정신을 높이 사지 않을 수 없기에 졸문을 써주기로 했다.

시조는 다른 문학 장르와는 다르게 생성·성장·난숙·소멸의 운명에 순응하지 않고 오늘날까지 살아남은 유일무이한 한국의 전통문학 양식이다. 우리 고전 문학의 32개 장르 가운데 지금까지 7백여 년을 헤아리며 존속하고 있는 민족 고유의 정형시가 바로 시조인 것이다. 이러한 시조를 우리 시조 시인은 법고창신(法古創新)의 정신을 가지고 계승 발전시키기 위하여 시조의 전통과 정체성을 확립하고, 시조 미학의 질서 안에 현대인의 사상과 감정은 물론, 다양한 정서를 응축시켜 현대시조로 발전시켜야 할 과제를 안고 있다.

치악산에 산재하고 있는 각양각태의 문화재나 유물·유적지를 답사하고, 시적 대상에 대한 본질이나 존재의 실체를 사유나 직관을 통해 시적으로 변용하는 일은 결코 쉬운 일이 아니다. 이러한 쉽지 않은 과제를 조철묵 시조 시인은 어떻게 해결하고 있는지, 시인의 제2시조집 『치악산 둘레길』에 실린 작품을 통하여 조명해 보기로 한다.

2. 시조로 찾아가는 치악산 둘레길

우리 고유의 전통적 시가 양식인, 시조에 대한 시인의 애정과 집착은 남다르다. 아직도 현직에 머물고 있으면서 틈만 나면 치악산 둘레길을 답사했다. 이를 실용적인 답사보고서로 쓰거나 느낌을 수필로 대신하면 오히려 쉬울 법도 한데, 하필이면 어느 문학 장르보다도 정체성이 견고한 시조로 치악산 둘레길을 찾아간 것이 이를 대변하고 있다.

'치악산 둘레길'이란 제한된 공간을 소재로 138편이나 되는 시조 작품을 생성했으니, 우선 시인에게 박수를 보내면서 조철묵 시조 시인의 작품 세계를 살펴보기로 하자.

공주의 불치병이 이 물 먹고 나았다니
사람들이 약수터에 줄을 지어 모인다
일급수 정화수라며 민초들이 마신다네

산사의 아침 예불 목탁소리 들리더니
솔바람 풍경소리 다가와서 건네는 말
샘물이 어디서 왔는지 생각하며 마시란다

—「국형사(國享寺)」 전문

이 시조는 두 수의 단시조로 구성된 연시조다. 첫째 수에서 공주가 마시던 물과 현재 민초들이 마시고 있는 물이 서로 대비를 이루면서 시인의 격세지감을 나타내고 있다. 둘째 수에서는 '목탁소리'와 '풍경소리' 또한 대비를 이루면서 두

소리가 음색은 다르되, 상호 인과관계가 있음을 시인은 암시하고 있다. 그래서 이 시조의 깊이를 더해준다. 둘째 수 종장에서 시인은 음수사원(飲水思源)의 미덕을 독자에게 전달하고 있다. 물을 마실 때는 그 물이 어디서 왔는지 근원을 생각하란 말이다. 서술에만 그친 것 아니라, 불가의 연기설(緣起說)까지 떠올리기에 이 작품을 인용했다.

국형사(國享寺)는 치악산 둘레길 제1코스에 자리 잡고 있는 사찰이다. 조선 정조의 둘째 공주인 희희공주가 병을 얻자, 공주의 신병을 치료하기 위해 이곳 동악단(東岳壇)에서 100일 기도를 드려 동악산 신령의 가호에 의하여 완치되었다는 전설이 이 작품을 뒷받침하고 있다.

태종의 어가가 머물렀던 주필대다
스승을 찾을 길이 막연해진 길목에서
붓 들어
허전한 마음을
달래보려 했던 곳

땅거미 내려앉자 어두움에 싸였다
계곡의 물안개가 구름 되어 날아가고
치악산
산짐승들도
구슬프게 울어댄다

—「태종대」 전문

역사적 유적지인 태종대(太宗臺)를 둘러보고 지은 작품이다. 첫째 수에서는 이방원이 스승 운곡(耘谷)선생을 만나지 못한 허탈감을 화자의 상상을 가미하여 표현했고, 둘째 수에서는 '산 짐승'이란 상관물을 통하여 화자의 허탈감을 더욱 고조시키고 있다. 전체적으로 서술적 담론에 치우친 점은 발견되나, 화자가 자신의 상상력을 동원했다는 점에서 이 작품을 인용했다.

태종 이방원이 머물던 곳은 원래 '개바위'라 불리었다. 후에 '주필대(駐蹕臺)'로 불려오다가 이방원이 태종으로 등극하자 '태종대'로 부르게 된 곳이다. 태종대는 이방원과 그의 스승이던 운곡 원천석(元天錫, 1330~?)선생에 대한 이야기가 전해지고 있는 곳이다. 태조 이성계가 고려를 전복시키고 조선을 건국했으나, 아들들의 피비린내 나는 왕권다툼에 실망과 분노를 느낀 운곡은 모든 관직을 거부하고, 개성을 떠나 이곳 강림리에 은거하고 있었다. 이방원이 임금으로 등극하기 전인 1415년 옛 스승인 운곡을 찾아 이곳을 찾았다. 그러나 성품이 강직하고 절개가 굳었던 운곡은 치악산 골짜기로 몸을 숨겨 이방원을 만나 주지 않았던 것이다.

맬감이 귀한 시절
풀 베고 나무 베다

어린 목을 잘랐건만
구사일생 살아나서

다섯 순

거목이 되어
이름표를 달았구나

—「오 형제 소나무」 전문

수목에 대한 시인의 애틋한 마음과 생명에 대한 경외감을 엿볼 수 있는 단시조다. 나무를 마치 시인의 육신인양 활유법을 통하여 시적 변용을 하고 있는 것이다.

6·25전쟁 이후 우리나라의 산지(山地)는 거의 민둥산이었다. 그 원인은 전쟁으로 인한 폐해에도 있었지만, 주된 원인은 땔감으로 사용하기 위한 무분별한 벌채와 벌목이었다. 지구온난화로 인하여 세계 각처에서 화재와 가뭄과 수해가 빈발하고 있는 현시점에서 그 어느 때보다도 산림 애호정신이 절실한 터이다. 우리나라는 세계에서 보기 드물게 산림녹화에 성공한 국가다. 최근에 '대한민국 산림녹화기록물'을 세계기록유산에 등재하기 위하여 유네스코에 신청서를 제출하게 되었다니 낭보가 아닐 수 없다.

산마다 애기단풍 발갛게 물들었다
단풍이 꽃보다 아름답다 하더니
거짓이
아니었구나
여기 와서 알았네

산마다 봉마다 울긋불긋 수놓았다
치악산 단풍이 유명하다 하더니

그 말이
사실이구나
여기 와서 깨달았네

　　　―「치악산 단풍」 전문

　치악산 단풍의 아름다움과 유명세를 반복법과 점강법을 활
용하여 강조한 연시조다. 첫째 수는 당나라 시인 두목의 시
〈山行〉의 마지막 구절을 떠올리게 한다. 그는 '서리 맞은 단풍
잎이 이월의 꽃보다 아름답다(霜葉紅於二月花)'고 읊은 바 있
다. 시인의 고향을 지키고 있는 가을철 치악산의 아름다움을
제삼자의 말을 원용하여 효과적으로 표현한 점을 평가한다.

갈림길 다다르면 임도계곡 갈라진다
이정표 따라가다 길을 잃고 돌아오니
아쉽다
바른길 리본이
있었으면 좋을 걸

시간을 허비하고 처진 어깨 한숨 쉬니
원인이 없는 결과 어디엔들 있겠는가
세상사
무슨 일이든
사연 있기 마련이다

　　　―「뱀골 삼거리」 전문

화자는 '뱀골 삼거리'를 찾아가다 갈림길에서 길을 잃은 모양이다. 그 자리에 바른길을 안내하는 리본이라도 나뭇가지에 달아 놓았더라면 얼마나 좋았을까. 시인의 허탈감이 이루 말할 수 없다. 시인은 여기서 끝나지 않았다. 세상사 모든 일이 원인과 결과가 엄존한다는 사실을 몸으로 확인하고 있는 것이다. 길에서 터득하는 또 하나의 진리다.

태종 이방원이 운곡을 찾아올 때
선생은 미리 알고 노파에게 이르되
자기가
피한 방향을
"반대로 말해 달라"

이방원이 와서 묻자 반대로 일러줬다
노파는 속인 분이 임금 된 걸 알게 되자
물속에
몸을 던져서
죽어 붙인 이름이다

—「노구소(老嫗沼)」 전문

노구소(老嫗沼)의 전설을 시적으로 변용한 해학적인 시조라 하겠다. 운곡 원천석은 태종 이방원의 스승이다. 태조 이성계의 왕자들이 각자의 이익과 목숨을 부지하기 위해 왕자의 난을 일으켰다. 이 참극을 지켜본 운곡 원천석은 강원도 횡성으로 은거했는데, 태종이 왕이 되기 직전 스승 운곡을 찾으러 횡성에 왔다.

이방원이 자신을 만나러 온다는, 소문을 접한 운곡은 빨래를 하던 노파에게 "만약 한 무리의 일행이 내가 어디 갔냐고 묻거든 반대 방향으로 갔다고 대답해주시오."라는 당부를 하고, 다시 숨을 곳을 찾아 나섰다. 얼마 후 왕자의 행렬이 도착했고, 이방원이 노파에게 운곡이 간 방향을 물었으나, 노파는 이방원이 왕자인 줄도 모르고 운곡의 당부대로 반대 방향으로 고했다.

운곡을 찾지 못한 이방원이 임금의 자리에 오르자 전국에 방(榜)이 붙었는데, 이 방을 본 노파는 자신이 임금에게 거짓을 고했다는 사실을 깨닫고 죄책감에 하천으로 몸을 던졌다. 노파의 이름을 따 그 하천을 노구소(老嫗沼)라 불렀다 한다.

하초구 갈림길에 동쪽 골목 따라가면
축대와 석탑재가 숨을 쉬는 문수사 터
옛 절터
자연농원 안에서
염불소리 들린다

서거정 공부하던 폐사 터를 복원하여
민족 얼 이어받는 문화재로 탄생했다
숨겨진
민족정신을
후손 만대 전하네

—「문수사 1」 전문

시인은 치악산 둘레길 제2코스에서 문수사 옛 절터를 찾아 당시를 회상하면서 문화재 복원의 의미를 되새겨 본 서정시다. 문수사는 전국 십여 군데에 산재되어 있는데도 불구하고, 서 거정이 하필 이 절에서 공부했다니 흥미롭다. 서거정은 누구인 가. 수양대군의 오른팔 중 한사람으로 대군이 왕위를 찬탈한 후에 왕명을 전달하는 외교문서를 전담한 측근 중 측근이다. 세조 때에는 홍문관부수찬, 공조참의, 예조참판, 형조판서, 좌 참찬, 좌찬성 등 주요 요직을 제수 받은 거물 정치인으로 법 률, 역사, 지리, 문학 등 조예가 깊었을 뿐만 아니라, 이 방면에 괄목할 만한 저서를 남긴, 걸출한 학자이자 정치가다.

　잣나무 울창한 숲 산책하기 십상이다
　흙길은 구불구불 맨발걷기 나섰더니
　암 치유 다이어트에 특효라니 기분 좋다

　햇빛이 돋아나자 먹구름이 몰려온다
　샛바람 다가와서 온몸으로 막아내니
　해님이 구름 사이로 방금 웃다 숨는다

　쉼터에 자리 펴고 하늘을 바라보니
　솔 순이 붓이 되어 창공에 글을 쓴다
　잠들면 아니 된다고 네 갈 길을 가란다

　―「잣나무 숲길」 전문

세수의 단시조로 구성된 연시조로, 실용성을 가미한 서정시라 하겠다. 첫째 수에서는 '맨발걷기'를 통한 치유 효과를 나타낸 것이 이채롭다. 둘째 수는 서경 위주의 서사적인 표현이긴 하나 종장에서는 동심과 같은 시인의 순진무구한 마음을 읽을 수 있었다. 셋째 수에서는 '솔 순이 붓이 되어 창공에 글을 쓴다'니 시인의 거시적인 안목과 문학성을 발견할 수 있기에 시선한 느낌을 준다.

　물과 산이 들고 나는 풍성한 시골 장터
　개자바 가림 안에 돼지 새끼 꿀꿀대고
　노오란 햇병아리가 아장아장 거닌다

　삽주싹 그릇 가득 자루 속엔 백복령이
　당귀와 알 칡뿌리 길게 누워 잠을 자고
　도라지 하얀 살 드러내고 다소곳이 앉았네

　첫 새벽 이고 지고 영 넘어온 가자미와
　오징어 말린 명태 소금 절인 임연수어
　장 보러 나온 아낙네 눈길 떼지 못하네

　내지와 외지 사람 구전으로 소통하고
　사돈과 장터 국밥 막걸리잔 기울이며
　시집 간 막내딸 소식 안주 삼아 마신다

　　―「장터」 전문

네 수의 단시조로 구성된 연시조의 전범을 보이는 작품이다. 시골 장터의 풍성하고도 소박한 내용을 빼놓기 아깝기에 전문을 인용했다. 참으로 현장감이 살아나는 작품이다. 첫째 수에서는 작고 앙증스러운 동물이 주인공이고, 둘째 수는 산에서 나는 갖가지 약재가 주축을 이루고 있는가 하면, 셋째 수에서는 각종 해산물이 등장한다. 넷째 수에서는 도시의 백화점과는 거리가 먼 서민의 소박한 생활과 그들의 정겨운 소통 방식을 제시하고 있다. 시골에서 가난하게 자란 필자의 어린 시절을 돌아 볼 수 있는 토속적인 작품이다.

모기의 주둥이가 비뚤어진 처서다
풀벌레 외로워서 구슬프게 울어대며
나그네
바쁜 발목을
쉬어가라 붙잡네

산주인 청설모가 겨울 준비 분주한데
하늘에 닿을 듯한 잣송이를 뺏길까 봐
부부가
날아다니며
힘을 모아 거두네

―「당둔지 가을」 세 수 중 첫째, 둘째 수

초가을의 정경을 감각적으로 표현한 서정시다. '모기의 주둥이가 비뚤어진 처서다'라는 첫째 수 초장이 이를 대변하고 있다. 처서는 입추와 백로 사이에 자리하는 절기다. 이때가 되면 모기도 힘이 빠져 제 기능을 못한다는 전래 속담을 인용했다. 관습적 상관물이기는 하나 풀벌레의 울음과 나그네의 조합이 어색하지 않다. 추운 겨울을 대비하기 위하여 동분서주하는 청설모 부부의 모습은 생존을 목에 걸고 경쟁 사회를 살아가야 하는 우리 인간의 삶과 다르지 않다.

식물의 생태변화 동물도 달라지고
곤충도 열대지방 생태계로 변화되니
바닷물
온도가 올라
어류지형 바꾸네

새빨간 천남성이 요염하게 피어나고
산막 잰 고사리재 산이 막혀 막막한 곳
도시인
새집 짓고 들어와
'새말' 이름 달았네

—「변화」전문

이 시조는 지구 환경의 변화를 인류에게 고발한 생태시다. 시인은 치악산 둘레길을 걸으면서 즐기기만 한 것이 아니다. 기후 온난화에 따른 생태 변화의 심각성을 독자에게 경고하고 있는 것이다. 이러한 심각성을 독자에게 미리 알려 경각심을 일깨우는 것도 시인의 사명이다. 지금 지구촌 곳곳에서 예고 없이 일어나는 홍수, 가뭄, 화재, 지진 등 대형 사고를 보면 무섭고 끔찍하다. 생태환경의 변화는 인류의 생존과 직결되는 문제라 더욱 심각하다. 둘째 수는 도시에서 살다가 첩첩산중으로 피신하여 새로운 마을을 꾸리고 살아야 하는 인간의 실상을 생생하게 보여주고 있는 것이다.

용천수 맑은 물엔 송어 떼가 노닐고
계야강 제방 따라 벚꽃이 만발할 때
굽은 길 둑길 넘어서 데크길을 걷는다

장마에 범람하면 주천 지나 서강 가고
폭설에 묻힌 강이 겨우내 길을 막아
마을을 감싸고 돌아가니 서마니에 갇혔다

갈림길 외로 돌아 계곡 위에 다다른 곳
샘솟는 약수에 토끼 가족 목축이고
긴 가뭄 끊이지 않는 서마니강 발원지다

—「발원지(發源地)」전문

현장 답사 후 조사보고서를 방불케 하는 시인의 치밀한 관찰이 돋보인다. 사물에 대한 치밀한 관찰은 시인이 갖추어야 할 첫째 덕목이자 작시 태도다. 시인은 사계절의 변화에 따를 주변 환경의 실태와 긴 가뭄에도 물이 마르지 않는 서마니강의 발원지를 밝히면서 물이야말로 생물이 생존할 수 있는 생명수임을 작품으로 대변하고 있는 것이다. 작품 〈주포천〉 역시 이와 다르지 않다.

　구렁이 기어가듯 열한 굽이 돌고 돌아
　중턱에 올라서니 발아래에 마을 있네
　자연은 굽은 곡선인데 인도는 직선이다

　풀잎에 맺혀 있던 이슬방울 떨어지고
　발원지 고인 물은 옹달샘에 가득하니
　고라니 목을 축이고 희색이 만면하다

　가쁜 숨 몰아쉬며 긴 오르막 올라서니
　온몸에 흐르는 땀 등줄기에 흥건하다
　인생길 이와 다르랴 산에 올라 알겠네

　—「골 안골」 전문

　이 시조는 등산을 통해서 인생의 의미를 깨닫는 자아성찰을 표백한 작품이다. 열한 굽이의 가파른 길을 간신이 올라 마을을 내려다본다. 여기서 시인은 '자연은 굽은 곡선인데, 인도는 직선'이라는 놀라운 사실을 발견한다. 자연과 인간의 차이를 본 것이다. 자연은 자연 그대로인데, 인간은 이기적인 존재라는 뜻이다. '아는 만큼 느낄 뿐이며, 느낀 만큼 보인다'고 했다. 이슬방울이 모여 옹달샘이 되고, 이 물이 강의 발원지가 된다는 이치, 시인이 집안에만 있었더라면 이러한 사실을 발견할 수 있었을까. 둘째 수는 자연이 생물에게 베푸는 혜택이요, 셋째 수는 고생 끝에 낙이 있다는 평범한 진리를 몸소 확인한 결과다.

실개천 물길 따라 버드나무 울창하고
물고기 무리지어 냇가에서 헤엄치면
아이들 고무신 가득 송사리를 잡던 곳

초가집 굴뚝마다 뿜는 연기 자욱하고
해질녘 마을 어귀 밥 내음이 구수하다
쇠죽을 먼저 퍼주니 울음 그친 송아지

설마다 새 옷 입고 세배 가던 오솔길
집으로 돌아오면 서산에 해가 지고
떼 지어 몰려다니던 고향 벗들 보고파

지난날 생각나서 보고 싶어 찾아가니
옛 모습은 간데없고 빌딩숲만 울창하니
이제는 돌아갈 수 없는 옛 시절이 그리워

—「혁신도시」 전문

네 수의 단시조로 구성된 연시조이다. '혁신'이 곧 '발전'이
란 생각은 세상을 삭막하고 인정을 메마르게 만드는 주범일
수 있다. 옛것에 대한 시인의 애착이 너무도 절실하기에 전
문을 인용한다. 첫째 수에서는 어린 시절의 추억, 둘째 수에
서는 시골마을의 정경, 셋째 수에서는 우리의 세시풍속, 넷째
수에서는 지나간 옛 시절에 대한 동경을 표현한 서정시다. 시

인의 온화한 정감이 넘치는 시조라 하겠다. 도덕과 예의범절
이 사라진 현대사회를 살아가야 하는 시인에게 인간미가 넘
치던 옛 시절은 동경과 그리움의 대상일 수밖에 없으리라.

　봉우리로 둘러친 병풍 같은 준봉들이
　바람을 막아주고 풍수해도 비껴가는
　명산에 자리 잡으니 섭재마을 숲고개다

　좌우에 기암괴석 황장금송 울창하고
　이슬은 방울방울 떨어져 흘러내려
　맑은 물 내를 이루니 황금벌판 되었네

　논두렁 나물 콩이 송이송이 열리더니
　갈걷이 마친 후에 집집마다 나눠주네
　이 마을 인심 후한 걸 어디에서 또 찾나

　강물은 돌고 돌아 원주천을 향하는데
　둘레길 구부구불 벚나무길 이어지고
　서낭당 마을 입구를 소나무가 지키네

　하늘엔 뭉게구름 한가하게 노니는데
　서늘한 하늬바람 영을 넘어 다가오면
　오백 살 느티나무가 반갑게 맞아주네

　―「섭재마을」 전문

188

다섯 수의 단시조로 구성된 연시조다. 섭재마을의 아름다운 모습이 눈에 선하다. 이 마을에 대한 시인의 애정과 관심이 각별하다. 첫째 수에서는 섭재마을을 소개하고 있으며, 둘째 수에서는 섭재마을의 주변 환경을 묘사했다. 셋째 수에서는 섭재마을의 따스한 인정을 표현하고, 넷째 수에서는 마을을 지키는 소나무를 소개하는가 하면, 마지막 다섯째 수에서는 500년 묵은 느티나무를 상관물로 마을의 역사를 암시적으로 표현하고 있다.

시인은 섭재마을을 찾아가서 보이는 대로 서술했기 때문에 결국 서사적인 연시조가 되고 말았다. 따라서, 서정보다는 서경에 치우칠 수밖에 없는 것이다. 그러나 자연과 인간의 삶을 소중하게 여기고 사랑하는 시인의 따스한 시선이 아름답다.

3. 맺는말

지금까지 조철묵 시조 시인의 제2시조집 『치악산 둘레길』을 살펴본 결과 다음과 같은 점을 엿볼 수가 있었다.

첫째, 우리의 전통 시조에 대한 시인의 애정과 집착이 각별하다는 점이다. 시적 대상을 탐색하기 위한 시인의 활동과 노력이 남달랐기 때문이다. 지금도 현직에 있으면서 시인은 틈만 나면 수시로 치악산 둘레길을 답사했다. 답사보고서로 쓰거나 수필로 대신하면 쉬울 법도 하겠지만, 시조로 표현한 점이 이를 대변하고 있다. 이러한 과정에서 서정적 표현보다는 서사적 표현이 두드러지거나 단시조보다는 연시조가 많은 점은 생각해 볼 여운을 남긴다. 왜냐하면, 시조는 누가 뭐래도 '절제의 선율에서 오는 완결의 미학'이라는 점에서 그러하고, 시조의 세계화라는 명제 앞에서는 더욱 그렇다.

둘째, 우리의 전통 문화유산과 자연에 대한 시인의 애정과 보호 정신이 남다른 점이다. '치악산 둘레길'이라는 제한된 공간에서 138편이나 되는 시조를 창출해 낸 점이 이를 증명한다. 〈문수사 1〉, 〈복원〉, 〈구룡길〉, 〈물 안동〉, 〈뒷골 공원〉, 〈원주 산성〉, 〈신림역〉, 〈한글판 성서〉, 〈황장목〉을 비롯한 많은 시인의 작품 속에서 우리의 문화유산과 자연에 대한 곡진한 애정과 이를 보호해야 한다는 메시지를 감지할 수 있었다. 우리의 아름다운 전통문화를 창조적으로 계승하고, 이를 발전시키는 일은 세계 6위의 국력을 과시하고 있는 대한민국이 문화 강국으로 발돋움하기 위한 지상 과제다.

셋째, 지구온난화와 생태변화에 대한 시인의 관심이 놀랍다는 점이다. 지구온난화에 따른 생태변화는 지구촌에 살고 있는 인간은 물론, 모든 생물의 생존과 직결되는 심각한 문제다. 1990년대 이후 세계적으로 증가한 가뭄과 화재, 홍수, 폭설, 이상 난동과 한파 등 기상이변을 설명할 수 있는 요인으로 크게 주목받고 있는 것이 지구온난화이기 때문이다. 시조를 통하여 이를 경고한 것은 시인의 사명에 투철한 예언자적 지성의 발로다. 작품 〈변화〉와 〈가리내〉 등이 이를 대변하고 있다.

넷째, 자연을 대하는 시인의 시선이 긍정적이라는 점이다. 자연의 섭리와 위대함이 시인에게는 스승이 되기도 하고, 때론 삶의 방향을 제시하는 길잡이가 되기도 한다. 시인의 이러한 긍정적인 심성이 자신과 인간을 객관적으로 바라볼 수 있는 안목을 길러준 것이 아닐까. 〈소나무 오 형제〉, 〈뱀골 삼거리〉, 〈골 안골〉, 〈별채〉, 〈말치 오름길〉, 〈천수답〉 등이 이를 증명한다.

다섯째, 민초들의 소박한 산촌 생활을 바라보는 시인의 시선이 아름답다는 점이다. 우리의 전통문화와 세시풍속은 시인의 사랑과 그리움과 아쉬움의 대상이다. 작품 〈장터〉, 〈골 안골〉, 〈섭재마을〉, 〈혁신도시〉에는 서민의 질박하고 토속적인 삶과 정다운 대화가 있고, 시인의 향수와 동경이 응축되어 있다.

어느 시인은 말하길 "시인이 되려면, 1kg의 꿀을 얻기 위해 560만 송이의 꽃을 찾아가는 벌과 같이, 하루에도 70만 번씩 철썩이는 파도같이 제 스스로를 부르며 울어야 한다"고 했다. 이 얼마나 지난하고 외로운 길인가.

어떤 저명한 평론가는 말한다. "저급한 시는 설명하고, 뛰어난 시는 침묵하며, 위대한 시는 영감을 준다는 시의 에피그램(epigram)이 있다"고. 필자를 포함하여 시인이 새겨들어야 할 촌철살인(寸鐵殺人)이 아닌가. 우리 시조 시인은 뛰어난 시조나 위대한 시조를 쓰기 전에 먼저, 시조의 기본부터 차근차근 다진 후에 최소한 저급한 시조에서 탈피하는 노력부터 우선해야 할 것이다. 왜냐하면, 시조의 형식적 정체성이라는 '3장 6구 12소절'이라는 제한된 틀 안에서 시적 변용을 통하여 절제의 미학을 창출하는 일은 그리 만만한 작업이 아니기 때문이다. 자신의 이름을 알리기에 급급하기보다는 작품다운 작품을 만들어 내야겠다는 치열한 인식을 통하여, 품격 있는 작품을 써야 하는 것이 우리 시조 시인의 앞에 놓인 과제다. 현직에 있는 직장인으로서 제한된 공간에서 적지 않은 작품을 창출한 시인의 노고에 박수를 보낸다.

끝으로, 조철묵 시인의 제2시조집 『치악산 둘레길』 상재를 축하하며, 앞으로 문운이 더욱 왕성하시길 기원한다.